온갖 열망이 온갖 실수가
권민경 시집

문학동네시인선 210 권민경

온갖 열망이 온갖 실수가

시인의 말

사랑을 뭉쳐 당신에게 토스합니다.
그게 장래 희망이니까.
불가해 속에서 불가능을 알아도 결국 하고 싶은 대로.

2024년 4월
권민경

차례

3부 죽을 너와 부활한 나를 위해, 춤

1부
이 동그라미에 대해

닳은 공

우리는 열심히 공을 튀겼다
서브 리시브 토스 앤 토스

기합 소리 운동화와 바닥의 마찰음
땀냄새와 열기
감각을 모조리 열고 뛰어다녔다

짧은 바지와 건강한 다리와 우린

흰 공
가죽이 너덜너덜해질 때까지
시간을 보냈다

열린 체육관 문
너무 밝아 보이지 않는 너머

공이 굴러간다면 찾으러 갈 것이다
다시 돌아오지 않을 수도 있다

시간은 한 장면

우리가 때린 흔적이
구른다

지구를 내리치는 거대한 손

늘
하이파이브하고 싶은
계절은 여름

이 동그라미에 대해

우리에게 꽉 막힌 결말이 있기는 할까요
저는 가끔 행방불명이 되고 싶습니다
짧게 써야겠지요 선생님
영원히 살아 있는 채로 있고만 싶어요

하지만 선생님 저는 선생님을 떠올리고 다정과 다정에 따
른 가능성 같은 것을 생각합니다
저는 죽어도 선생이 되지 못할 모양이지만
선생님은 영원히 선생님 선생님이 원하지 않아도 선생님
저는 선생님을 스승으로 둔 제자로서
오늘 아침을 맞습니다

글은 어째서 자기 전에만 찾아오는지
선생님은 아십니까 늘 예언의 지점을 가져야 한다고 하
셨는데
저는 너무 늦되고
게으르고
사랑을 모르고
헛된 소리만 늘어놓습니다

그 헛된 소리가 모여 피지 같은 죄의식을 만들지만

선생님 선생님

늘 일말의 다정함 무의식적인 친절들이
저에게 들어와 뼈와 살이 되고
이제는 없는 장기들 대신에 몸에 들러붙어 기능합니다

그러니까 가끔 내 장기가 뛰고 있는 걸 의식하는 것처럼
가끔 선생님을 떠올리고
친절에 답하지 못했던 것 같아 슬퍼집니다

내 몸은 내 마음대로 되지 않고 마음 또한 그러니까

짧게 써야겠지요 선생님
그걸 못해서 이 모양입니다 이상하게 결론 내려는 것 같
지만

저는 행방불명이 되고 싶습니다
애타는 가족들 뒤로한 채
이기적으로 영생하고 싶습니다

그 영생의 에너지원
비확정의 책임에 당신도 들어 있으므로

선생님은 선생님
그것은 얼마나 무서운 호칭인지요

밀수

거기 뭐 들었냐 물을 때 아무 대답 할 수 없었네
있긴 뭐가 있어
불시에 벌어지는 가방 검사
내 심장은 물을 채운 콘돔처럼
물렁거리지 손아귀에 쥐면 아령처럼
오아 터지지 말아줘

아무것도 없으니까

책장이 넘어진 밤 아무도 다치지 않았지만
단칸방엔 온갖 책 가득하고 과학 앨범 명탐정 호움즈 전
집 이 년 지난 여성지
아오 우르르 속에 잠 깬 가족들이 두리번거리네

그때 책 몇 권이 사라졌는데
영영 찾질 못했단 전설
식물도감 동물도감 오래된 전쟁사
배를 타고 나가서 서로를 죽이고
전투 코끼리가 등장하는
살인의 역사 동물학대 스토리
백마국민학교 2학년 4반 살해당한
무고한 이름과 눈물을 쓰리세븐 가방에 넣어두고 잊어버
렸다

잊어버렸어 아무것도 담지 않은 가죽
피부 나는 박제되어 자연사박물관에 자리잡았다
누구도 내 가방을 뒤지러 오지 못하지
옆방의 네안데르탈인도 흔한 삼엽충과
자수정 덩어리도

눈물을 보석에 비유하는데
맞아? 그건 그냥 짠물
생리대마냥 필수품

끌려간다 교무실
상아가 자란다면 뽑힐 거야
라이터 나온다면 풀어헤쳐질 거야
애써 정리한 캐리어
그 정신으로 타국에 갈 생각? 네 심장은 기내 반입 금지야
―선박을 이용하라

물이 가득찬 콘돔
화르륵 불타오르는
무기
심장의 무게가 초과되었으니
난 추가 요금을 내야 해

—코끼리의 무게로 계산

지구라는 화물칸에
마일드세븐
입냄새를 없애지 못한 인류

팽창하는 우주

우리는 공간과 사귀는 법을 배워야 해요 아니면 자신과 처음 만난 것처럼 새로 사귀어야죠 오리엔테이션은 언제나 어리둥절해요 다과를 차려놓고 둘러앉아볼까요
나와 공간과 나
처음엔 귓속말, 다음엔 얼굴을 마주보고 말하죠 그러나 점점 크게 소리를 쳐야 들리는 곳까지 멀어져요
종이컵 전화라도 만들 걸 그랬어요 벙긋거리는 입으로, 뭐라고요?
소리가 들리지 않는다고요?

모래사장이 펼쳐져요 집은 멀어지고 나는 자꾸 나에게 돌아가려 애써요

애초에 목소리는 없어요 우리의 혀는 색을 잃었죠 말은 어둠 속에 잠기지만 표정이라도 보이는 곳에 있어줘요
벌써 저기 멀어진 당신
등뒤의 얼굴이 낯설어요 우리 사이엔 발자국이 어지러워요
그곳에 내 문자가 도착이나 할까요

우주 전쟁

투명한 노루들이 공간을 가로질러요
발굽 자리마다 자국이 파여요
작은 이빨로 깨문 사과
갈변하는 행성

어둠 속에서 머릴 빗는 당신
솎아낸 머리카락이 흘러가요
당신은 별의 최후를 지켜봐요
정전기의 순간
매일 짧은 죽음을 봐요

뺨에 흐르는 눈물
그건 별이 폭발한 곳에서 뛰어온 빛이에요
우리가 서로 눈치채기 전부터 달려온 소리여요
끝도 모르고 스치는 도중인
빗나간 미사일이에요

우리는 뭉쳐 다니다
일사불란하게 흩어집니다
우주쓰레기가 빛나는 밤

뱉어놓은 씨앗에서 별이 태어나요
여기저기 전쟁중이죠

행성이 썩어 없어질 때까지
우주가 넓어지고
누군가의 얼굴에 빛이 흐르고
아무렇지 않은 하루
어린 노루에게 사과 한 알 내밀고 싶은
치열한 싸움중이에요

고행자 K 2

언니는 맛집의 목록을 적어 보냈다
매일 고행중이지만 밥을 잘 먹었다 아니면 채찍도 휘두
르지 못하리니
자신을 괴롭히기 위한 미식 화려한 자학

언니의 피 묻은 채찍 상상하면
이상한 황홀경에 젖는다 변태는 아닌데 그렇고
딱히 변태가 아니라는 증거도 못 내밀고

불법의 맛
적법의 고난
그런 삶에서 뭘 기대할까 우리는

우리는 왜 우리인가

나는 그 배에 있었던 두 사람의 이름이 우리와 같다는 게
늘 마음에 걸린다

짐과 추가 늘어난다
쇠사슬은 발목에 걸린다
하지만 노예는 아닙니다 고행자일 뿐

누구도 나를 가둘 수 없어요 막을 수 없어요

우리는 우리에게 붙잡혔다

신의 이름을 모르겠지만
내 세례명은 마리안나
언니도 세례명이 있다
고행의 장에서 적합한 이름 1과
적합한 이름 2를 부른다

이름이 두 개이기 때문에 우리이다

고행자 K 1

내가 연명하는 동안 늘어나는 무덤 아파트의 창문 납골
당의 작은 문
사람들이 거기에 살고 있어 거기 들어 있어
언니는 무쓸모 안에 소중한 것이 숨어 있다고 말한다

부장품 된 안경
빛이 반사되어 눈이 보이지 않는다

나는 오늘도 안심하고 잠이 든다
언니는 나를 정성껏 장사 지내줄 것이며 묻어줄 것이며 불
태울 것이며 훨훨 날릴 것이다
연속해서 찾아오는 기일들 사이
내 자리를 찜해놓고 마음 든든

언니라는 믿음
언니라는 연민
언니라는 부채
모든 언니적 속성
언니는 투명하게 우리를 비추며
자꾸 늘어난다

물가에 서서 자신의 얼굴 내려다보는
언니 장례지도사

자격증도 따고 휴일에도 쉬지 않는
쉴 수 없는 삶

자신의 장례식에 참석하지 못하는 건 아쉽다 육개장 한
그릇만큼
명절에도 죽어나가는 사람들 사이
술잔에 비친 그림잘 내려다본다

세라믹 클래스

흙의 물성은 무서워요
갈라지고 터지고
흙은 아주 무서워요

4월 기역자로 꺾이는 길 보이지 않는 곳에서 달려와 보이지 않는 곳으로 가는 퀵서비스 오토바이 DSLR 카메라를 들고 이곳에서 사라질 나는 접히는 풍경, 책, 벼랑, 세상 모든 구석
모든 구멍에 빨려들어가며 생각합니다
흙은 아주 무서운 물성이에요

*

선생님이 말씀하십니다
어떤 재료가 나를 제일 잘 표현할 수 있을까 고민했어요
흙은 아주 조심스러워요
이리 와서 물레를 차보겠니? 도자기를 빚어보겠니?

나는 주춤주춤
손을 들었다 내렸다
횡단보도를 건너는 유아가 되어 망설입니다

흙은 무서운 물성 흙은 무서운 물성

선생님, 묻고 싶은 게 있어요

질문할 때처럼 길을 건널 때는 손을 듭니다

*

나는 남의 말을 받아 적고 사진을 찍는 일을 합니다
나는 이 일을 통해서 이전의 나를 잊어버립니다 나를 입
어버립니다 나는 입어버립니다

인터뷰가 길어지고
내가 여기 왜 있는 거지 천장이 자꾸 낮아지고 주변이 뜨
겁고 자꾸 좁아져서
어리둥절합니다

*

흙은 아주 무서운 물성
여기저기 있다
아무도 가보지 못한 심해에도 흙이 가라앉아 있을 테니까
녹슨 옷핀이라든지 눈먼 철새들을 품고
거기 있을 테니까

흙은 아주 무서운 물성
선생님 그럼 언어는 어떤가요?

                    *

나에게 맞는지 알지도 못한 채
나는 어느샌가 나를 입고
뻘짓을 하고 있다
선생님이 무서운 흙을 물레에 얹고
빙글빙글 돌리는 순간
난, 나는
허공에 손을 허우적거리며
보이지도 않는 걸 돌리는 시늉 한다

차본다

                    *

물. 물. 너. 너.
왜 죽는지 모르고 죽는 사람들과
불규칙적으로 누군가에게 씌는

나를 빚을 수 있나요

나는 내가 선택한 재료의
무서움 모르고

병실에서 죽어가는 아기를 외면하고
정글에서 죽어간 일본군에게 이입한다

허공에 손짓 손짓

*

말의 물성은 무서워요
갈라지고 터지고
말은 아주 무서워요

그러니 이리 와서 물레를 차봐요
나는 머뭇거리는데

선생님이 나를 한 움큼 쥐어
돌린다
돌린다
돌린다

나는 돌아가며 세상을 바라본다

4월의 교정을 퀵서비스 오토바이를 피곤한 조교를 난소암
병동의 아홉 살 환자를 기억을 흙과 물과 공기를 귀신 들림
을 달려오는 사람들을 인터뷰이들을 불을

천장이 낮아지고 사방이 조여오고
나는 내 속에서 구워지고 있습니까

이 세상이 뜨겁게 폭발한 순간부터 세상은 빙글빙글
누군가 힘차게 찬 지구가 쉬지 않고 돌고 있는데요

말은 무서운 물성
내가 본 것들을 깨뜨리며
외면하며
그럼에도 증언하며

자신을 잘 표현할 재료를 선택해요 잘 다룰 재료를 선택
해봐요
……
말줄임표 끝,

선생님 전 주춤거리면서
돌아가고 있습니다

뜨거운 불을 품고
심해에서

2부

대자연

자연
—핑

소리는 가끔 많은 것을 압도

풀숲을 헤치고 나아간다
여기예요 여기 내가
사각거리며

나는 나를 압도

내 이름은 눈뜨기 전에 지어졌다
밝고 온화하지 못하지만
그렇게 되길 바라는 덕을 봤을까
이 이름이 아니었다면 난
여기 없을까

풀은 마르고 씨가 퍼진다

그걸 시간이라 부른다
밝기를 알게 되고
감촉을 알게 되어
이름을 붙이기 전까지

몸을 숨길 때까지

언어가 아닌
소리로 뜻 없이
부른다

자연
—사춘기

사과가 사과가 아니게 되는 사건
사과가 과녁이 되고 활 대신 총으로 쏘는 상상

과녁은 자꾸 줄고 시력도 살아야 할 날도 줄어든다 스무
살까지만 살고 싶다는 겁 없는 소망

한 손 사수는 쉽게 상처받지요 데구르 구른 사과처럼
어쩌나 약하고 잘 뭉개지던지
자주 즙이 흐릅니다
못생기고 흠집 나서 도매금으로 팔립니다

뛰자

학교에서 도망쳐서 온 곳은 겨우 집
담임도 그걸 알고 있었다 어차피 애들이 할 짓은 뻔하다
며 갈 곳도 없다며

온갖 학생들이 굴러 나오고
온갖 심술들이 싹을 틔우고
온갖 열망이 온갖 실수가

갈 곳이 없는 건 그때나 지금이나 마찬가지
뻔한 애로 자랐다 애가 더이상 애가 아니게 되어도 사과

는 사과
　떫거나 달아도 즙을 낼 것이며
　오래오래 저장고에 보관될 것이다 서늘한
　삭아서 삭아서 술이 될

　최초로 술을 발견한 인류
　그가 해롱거리며 낮을 보낼 때
　사과도 무르익는다 배고픈 사람들을 기다리며 배고픈 사
람들을 저주하며 멸시하며 소원하며
　사과는 너무도 빤한 사과
　온갖 사과들이 한꺼번에 익으며
　세상은 달큰하게 취한다
　그런 순간이 분명 있다

　잘 보세요 자학과 자책의 시간을 견뎌온
　사과 같은 내 얼굴
　사과 위에 사과 위에 사과

　몇 살부터 몇 살까지로 특정할 수 없는 가슴 아픈 그림들
　온갖 온갖 온갖 낮들

자연
—밤의 중간

한 사랑이 끝나는 동안 나는 넋을 놓고 앉아 있었다
천변엔 왜 이렇게 사람이 많을까 개가 많을까 개를 데리고
나오지 않은 사람의 집에 고양이가 있을까 상상하며
저물녘을 맞았으며
이것이 밤의 시작인 것이
분명했다

이 노래 들은 적이 있어?
같이 들은 적이 있지 않아?
아닌가? 혼자 들었나? 같이 들었는데 분명?
분명은 분명치 않을 때 사용된다 분명 우린 거기 있었는데

찢어발긴 노래 가사가 훨훨 난다
서로를 축하하는 꽃가루

개기일식 부분일식 금환일식 사랑이 아닌 것들의 여러 모
양을 떠올리며
한 밤, 월식이 아닌 것만 떠올리며

눈을 찌푸리면 세상이 잠깐 어두워진다
내가 모든 일의 중심이라는 증거

내가 나에게 푹 빠졌던 시간

다친 동물들
경계해도 소용없는 야행

넋을 놓고 있는 동안
맹금류는 먹이를 찾아 난다

자연
—생태통로

건너거나 서세요 5킬로미터 앞은 고양시청 건물은 오래되어서 나 어릴 적부터 있었다 그사이 많은 것이 사라졌다 학교 가던 길이 없어지고 신작로 되었다 클로버밭이 사라져 개념이 되었다 있었다는 걸 어떻게 증명할까 나는 기념비
　　기억을 잔뜩 갈겨놓았다
　　아무도 궁금해하지 않는 것을 기리고 토끼 고라니나 고라니 이름을 나열해봤다
　　한 바퀴 돌아 결국 만났다 만날 수 없는 거리였는데도

　　슬피 우는 애들을 뒤로하고 세상은 신도시 되었다
　　부수고 만드는 놀이에 열중했다 길을 만드는 동안

　　흔들까 저을까 손은 나의 표지판 한 시간에 한 대씩 다니는 버스 백마차라 불렀고 서울과 백마 사이엔 재지 못하는 간극
　　열 살과 마흔 살 그리고 점점 더 멀어지는 여덟 살
　　쓰다듬거나 때린다
　　숫자가 가득 쓰인 표지판

　　멀리서 걸어오는 초딩들
　　내 안의 클로버밭에서 춤춘다 악수를 청하는데
　　아이들이 진짜 있다는 걸 어떻게 증명할까 나는 나로 통하는 길을 낸다

많은 기억 지나치라고

자연
—진단

세상 사람들이 모두 한 병을 앓는다면 그게 병인 줄 알까
한날한시에 사라지는 그림자
그림자는 표정이 없어서
지울 순 없고 자꾸 그릴 수만 있다

병구완은 하고 있니
안부를 묻지 못하는데
내가 그린 그림은 입만 밝다 하얀 치아 윤나는 입술
유년의 인형처럼 미소 짓고

집착과 미련은 성격이지만 어리석은 사랑은 하지 않는다
나는 나를 사랑해서 지 혼자 꿀꿀하게 울고

나와 나는
인류의 마지막 생존자 둘
서로 먼 곳에서 헤매다
닿지 못한 채 스러지는 것처럼
병명을 알지 못하고 쓸쓸히

사람 없어도
매미 짝을 찾는

자연
―태반을 먹는 짐승들

어미의 행동을 따라 하기 시작한 강아지처럼 하울링 하
다가

삼십 년 만에 사랑을 몰랐다 아는 것이라고 생각했던 것
들이 낯을 가리며 골목길처럼 놀랐다

시간은 멈추질 않고

첫 생리를 겪는 강아지가 밥을 굶는다 바닥에 점점이 떨
어진 사료를 따라가면

과자의 집 따위 없다는 건 십일 년 만에 알았다

낭만과 사랑은 닮은 듯 다르고 알 듯 모를 듯 슬픈 얼굴

자꾸 뭉개지는 발음 때문에 무슨 말을 하는지 알 수가
없네

불어니 이태리어니 혹 서반아어야?

로망스어와 로맨스 자주 실수하고 틀리는 것을 견딜 수
있게 되었다

견디지 않으면 안 되었다

피를 묻히지 않게 된 건 몇 년 되지 않았는데 초등학교 운
동장 계단에 피를 묻히고 이십육 년 흘러

네발로 걷고 싶었다 혀로 핥을 주인 없이 과식하였다

자연
―종이책의 역사

이 책 좀 봐 낱장이 얼마나 많고 무거운지
날개를 파닥이며 날아가네

백조는 커다란 새
겨울 경안천에 나타난다

거기 가려다가 못 갔지 망설이던 사이

먼 곳으로 이사했어
철새처럼 때가 되면 옮겨가고
전세 계약은 이 년 단위 사 년 단위
늘 불안한 삶은 불완전 계약

추위를 탔다

빈 상자를 사랑하는 마음
갖고 싶은 게 많은 계절
모든 걸 담아갈 수 없어서

좁은 방 안에 홀로 버려진
찢어진 마음

물에 풀어진 종이처럼

무겁게 무겁게
날아가는 백조

자연
—목욕탕

탈지면 위의 강낭콩처럼 자랍니다
싹을 틔우려 발그레하고
그믐엔 쌍떡잎이 돋습니다
몸을 뚫고 솟아나는 온기

구슬과 구슬이 부딪칠 때 구름과 새가 부딪칠 때
벌거벗은 짝꿍과 마주치고 여성대백과사전—결혼임신출
산 편—을 읽을 때
종종 소리는 지나칩니다
찢어지고 굴러가는 많은 목소리가 귓등을 미끄러집니다
미끄러지는 건 쉽나요

김 서린 안경을 닦으면
못 보던 것들을 보게 되는 것처럼 가령
다섯시와 여섯시 반 사이의 경첩과 끓는 물에 빠진 보석
과 내 목덜미를 간질이는 손톱의 정령 한 달도 못 살고 가
는 요정
을 보는 것처럼 새로운 훈기가 오릅니다
아지랑이가 피고 땀을 흘리고 낙엽이 지고
문을 엽니다 차가운 공기에 닭살 돋고
우리는 맨몸을 껴안습니다
그러곤 겨우 보이기 시작한 것들을 다시 안 보이는 세계에
처박는 거지요

아무리 닦아도 보이지 않지요

미끄러지는 건 쉽고
모르는 사람의 몸뚱어린 항시 부끄러워요
등짝을 때리는 소리 웅웅 울리고 속옷만 입고 활보하는 아
줌마 다신 만날 수 없는 같은 반 남자애

자물쇠를 절단한 로커룸
억지로 구멍 뚫으며 터져나옵니다
쌍떡잎
콩 하나하나에 보고 싶은 것들이 담겨 있는데 마음대로
열 수가 없어요
습기 속에서 열매가 그득그득 열릴 테지만
사물함 앞 차가운 맨몸으로
열쇠를 분실한 대가를 치릅니다

손목과 발목에 고무줄을 끼고 돌아가지 마세요.

자연
—층간소음

허락 없이 웃는 일 옆집과 밑 집에서 문을 두드린다
아무도 없는 척 조용히 있지만
새어나오는 말을 참을 수가 없네
내일 나올 말을 받아 적기

목소리를 찾아주세요 나는 이 년 만에 나를 떠났습니다
비로소 시원해졌습니다 등골이 서늘해졌지요 어디서 어디
로 이어질지 알 수 없는 길 알 수 없는 말 알 수 없는 미래
알 수 없는…… 기타 등등의 것들이 가득한 세상 세상에 세
상이란 말을 쓰다니요 막다른 벽에 등을 대고 다가오는 것
들을 바라봅니다 사람일 수도 고양이일 수도 알 수 없는 무
엇일 수도

　나에게서 벗어난 나는 나인지, 나는 어제를 포괄하고 오
늘은 나로 대표되는지, 슬픈 얼굴들이 굴러 나오다 까르르
웃고

　함부로 문을 두드리진 마세요 무엇을 마주할지 알 수가 없
지요 문을 두드린다면 당신의 선택에 후회하지 않아야 합
니다 정적(靜的)인 삶 정적(政敵)인 위와 아래 서로 쳐부술
준비를 마치고 발이 망치가 될 수 있다는 걸 어디서든 배우
지 못했어요

손으로 입을 가리고 문을 연다
거기 누구? 누구 있나? 홀로 남겨진

위아래옆 모두 나
수많은 방향이 나를 두드리며 그만 웃고 어서
나오라고 소리친다

자연
—백마

연인들이 나들이 오던 역 사람들 소요 너머로
십 분만 걸어도
무덤
무덤이 이어졌다

풍수지리가 뛰어나
양반들 묘가 가득

마구잡이로 자랐다
무덤 위를 구르고 싶이지 석상에 오르며
나는
조상
조상이 될 예정
아니
영영 후손을 보지 않고
무덤도 갖지 못할 예정

예정은 예정되어 있지 않았고 나는 우연으로 혹은 유전
병으로

그저 굴렀다 죽고 사는 게
다 무엇이냐는 듯

무덤 석상 백마의 가장 은밀한 곳을
굴렸다

백석과 마두에서 한 글자씩 따온 지명
마치 가계도 같다
아무개와 아무개가 접붙어
아무개를 낳고
아브라함의 자손 아무개가 한 지파의 으뜸이 되는 것처럼

백석과 마두가 접붙어 백마를 낳은 것처럼

나는 완수와 한옥화의 부산물
아무개의 대표

연인이 스르르 늙어 애니골로 돌아올 동안

무덤을 뭉개고 세월 위에 아파트를 짓는다
이윽고 늙어간다
단지마다 나무가 우거지고 신도시는 반어법이 되고

자연
—도래지

폭포를 커튼처럼 젖히자 낯선 집안이 펼쳐졌다
얼굴을 내놓았다 다시 감추었다
눈치만 보았다 환영받을 준비가 되어 있지 않았다
환영해야 할 쪽도 준비되어 있지 않았는데
어쩌다보니 정글 어쩌다보니 늪지대 어쩌다보니 어쩌다
보니
산맥 애팔래치아 애팔래치아 큰 소리로 읽는다
훗날 교과서에서 만나요
지금은 수색 수색시장, 수색국민학교 이따 백마, 애니골
너머 백석2리
연탄공장은 연탄을 만들고 논은 벼를 키웠다
누추한 곳에서부터 먼 곳까지
동등하게 시간이 흘렀다
갈라파고스섬 달의 뒷면
그 외의 미지의 곳
물이 있다고 가장해야 폭포가 생긴다
퍼레이드 퍼레이드
폭포를 젖히고 내가 등장했다
박수 소리 야유 소리 꽃과 달걀 온갖 이물질투성이 인생
이여
등장할 준비가 되지 않았으나 이대로 퇴장할 생각 없다
무지개는 겸사겸사 무대를 둘러싸고
아침이 왔으므로 겸사겸사

와야 할 것은 그것만이 아니었다

자연
―복수

나는 고요하게 몸을 부풀리는 중
일 초 일 초 아주 조금씩 늘어나는 중
내일 보면 모르겠지 일 년 후에도 모를 거야
멀리서 돌아보면 나는 커져 있을 예정
스멀스멀 징그럽게
한이나 화 나뭇가지 이것저것 모아서
너를 지우기 위해 말이지
약한 자라 참고 있는 거 아니냐 하면
맞아 난 강해져도 티내지 않는
식물성 힘을 갖게 될 거야
크게 자라
신령하게 될 거야
모두 고개를 숙이고 기도하게 될 거야
기도하는 손들 점점 늘어
술과 떡을 바치게 될 거야
어느 날 벼락을 맞을지도 모르는 일 그러나
알 바 있니 늘어나는 중인데 부푸는 중인데
세상의 이치를 거슬러 시간을 뛰어넘어
고요하게 날뛰는 중인데
물을 머금고 공기와 스킨십하며

자연
―능소화

　우리는 떨어져 시간을 보냈다 자신을 미워하기도 하고 껴안기도 하며

　사람은 사람에게서 떨어져나와 사람 사이에서 살아가는데

　넌 빛나는 너로 어제는 어제로 뒤처져

　금방, 금발로 나타나 사라지는 아가씨 아가씨란 단어에 대해서 곰곰이 생각하고 오랫동안 함께했던 것들의 손을 놓는다 그때 우리는 떨어져 시간을 보냈는데

　같이 있었으면 좋을 뻔했어 함께 있다고 외롭지 않은 건 아니지만

　능소화, 벽에 매달려 있는 얼굴 얼굴들

　우린 오래 둘러앉아 시시콜콜 이야기하고 때론 바닥에 떨궈지기도 했다

　계절은 머리카락처럼 길어지고 마음먹으면 싹둑 자를 수 있을 것 같다

　꺾은 꽃 다시 붙일 수 없지만

　새로운 얼굴 만날 것이다 예상하지 못한 곳에서 불쑥불쑥 나타나는

　능소화 주홍빛 우리 나 시간 마스크

　우리가 오가지 않는 거리에 여름은 만개

자연
—수태고지

문을 닫고 왔니?
네 문을 닫고 왔어요.
어린 내가 잘못 대답해서 동생이 태어나지 않았다
언니는 선천성질환 같은 것 그녀는 평생 건강했고
영원히 열리지 않을 것
나는 얼굴을 씻다가 물어본다
문을 닫았니?

언니 언니 나 다음에 태어날 오빠와 누나
줄을 서서 일시에 고개를 돌린다

잘하고 있는지 말해줘요.
잘못하고 있는 것도 꺼리지 말고 말해줘요.
닫힌다
열리지 않을 것처럼

빨간 집 안에는
빨간 방이 있어서
누군가 세 들 준비를 하는데
아. 인테리어는 젬병이라서요.

메모, 메모
아무도 없는 공간에

별을 그리고 밑줄을 긋는다

다음달엔 세상으로 나갈 것
월세 삼십만원 정도면 좋을 것
아침엔 변을 잘 보게 해주는 음식을 먹을 것
내가 세 든다면
빨간 집 안에 빨간 방이

마트료시카처럼
속이 가득차 있지만 실은 비어 있고
아무것도 깃들지 않은 채로
모든 걸 내포하고

아, 예.
고개를 끄덕이다가
빨간 방으로 들어가면
가능성은 있거나 없다

문을 닫고 왔니?

자연
—별

우리는 왜 이렇게 뭉쳐졌을까 이렇게 생겼을까

돌멩이가 숨어 있는 눈덩이
누가 뭉쳤을까

제멋대로 자신을 빛내고 파괴하며

시 같은 거 쓰며
기타 노래 부르고 그림 그리며

애틋하며 그만큼 혐오스러운
별은 빛나고

아침에 다 사라졌다가
다시 반짝 나타나는

살아 있기에 쓴다
우리는 살아남기 위해 쓴다

자연? 어떤 자연? 자연일지도?
자연스럽지 않으며 자연스러운

어쩔 수 없는 인력들과 중력들과 이 세상 모든 궁시렁들

아직도 이름 붙여지지 않는 말로 표현할 수 없는

　자연현상을 이기기 위해 대항하는 사람들
　자연현상에 굴복하고 목숨을 잃는 사람들

　자연
　자연이 몰려오고

　나는 눈부셔
　타올라

　재가 되고 다시 뭉치는

　단단한 뼈

자연
─나무의 무쓸모

상수리나무에서 상수리
거기 있을 뿐인
모자

싹이 튼다
싹을 틔운다
도시
사람보다 많은 나무

신도시를 만들 때 부록처럼 조경당했어 일종의 강제수용
나는 이 세상에 강제로 튀어나와선
자란다
자랐다
꺾일까

계획대로 되지 않는 존재 이유 산아제한 없이 돌림병에 취
약하며 가지치기 가지치기 집값에 민감한

1기 신도시 1기 신도시 2기 신도시 2기 신도시
이십 년 넘게
모자 거기 있다

나무는 쓸모 나는 무쓸모

상수리나무 열매 쪼개지는 동안
박살나는 하트!
하트!

자연
—미인

내가 태어나는 순간에도 세상엔 미인이 있었다
내가 죽을 때도 미인은 있을 것이고

미인은 무관심
현실감이 없어서 잡히지 않는다

빨간 예쁨 보라 예쁨이 공중에서 부서진다
1999년도의 미인은 세기말이란 수식어까지 달 수 있었고

그건 멸종된 생물 중 하나인 것 같아서
어딘지 기이해진다

마인 부우*를 미인 부우로 읽는다
오독은 종종 미지의 세계로 이끈다

낯선 곳으로 향하는 안내서
이를테면 유전자지도

화성으로 알파 센타우리로 아무리 멀리 가봤자
심해도 다 가보지 못한 지구인이지

미인은 제멋대로라더라
제멋대로인 건 미인을 규정하는 주둥이지

이 울퉁불퉁아

결국 우린 심해로 갈 것이다
그곳에 미인이 있을지 마인이 있을지 확신할 수 없으니까

* 만화 〈드래곤볼〉의 등장인물. 이 캐릭터에는 여러 버전이 있으나
흔히 '뚱땡이 부우'라고 불리는 부우가 유명하다.

자연
—X-선

한 손으로 다른 손을 쓰다듬으면 얇은 가죽 밑으로 느껴
지는
이게,
뭘까?
새삼스레 소스라치고 다시 나를 들여다본다

나는 없는 것을 믿습니다
없다고 믿습니다
나는 어둠 속에선 어둠보다 더한 것이 있다고 믿습니다
손을 잡고 걸어갈 수 있습니다
손을 잡고 넘어질 수 있습니다
일으켜주지 않습니다 믿습니다

어떻게 그런 것을 믿을 수가 있니
모자란 몸
사람이 어떻게 그럴 수 있어

아픈 일이 너무 많아서
나는 오히려 오래전에 죽은 자들에 씌는데

죽어간 혼이 자기 순서를 기다리며
줄을 서 있습니다
뭉텅이 뭉텅이로

돌아가면서 앓기

한 번도 보지 못했지만 거기 있죠
사실을 믿으려 노력합니다

터널은 깊고 끝없다
터널은 외로움
오래 어둡다 터져나오는

아름다운 밤 빛으로 가득한 판교
빌딩 속이 들여다보이지 않지만 거기 누가 있다고 생각
합니다
아무도 없었으면 좋겠다고 다시 생각합니다

투명한 악의
깜빡
사라지는 호의

겨울이 가면 봄이 온다고 생각합니다
시간 너머에 뭔가 있어서
노력중입니다

자연
—뛰는 심장 어디로

'너와 나의 말발굽'
완성되지 못했으나 오래 남는 말 있다. 완성되지 못해서
남은 건지 모르지만
처음부터 없었던 것처럼 생각하죠.

보이지 않는 곳 자르면 아무것도 아니게 된다.
상상 속, 외롭게 펄럭이는 한쪽 난소.
뭉툭하게 아물었을 갑상선 자리.
기타 등등으로 나는 조각났으나 보이지 않는다. 장기가
난 자리를 정체불명의 문장들이 메운다. 가령
'너와 나의 말발굽'

달리는 말. 달리는 말. 예민한 말. 수틀리면 주인이라도 떨
구는, 사실 주인이 없는 거대하고 무거운 생물. 가는 다리로
달리는 말들. 입에 편지라도 물고 뛸 거 같은

말에 집착하는 이유 여러 가지지만
옮긴 병원은 구파발에 있다.
마음에 문제가 있지만 눈에 보이진 않는다. 내 부족한 부
분을 여러 알약이 메우는데
낱말처럼 여겨진다. 그게 내 안에서 굴러다니다
나는 모를 원리로 작용하는 것. 자기 약 설명서도 외우지
못하는데

이런 게 시인?

자기 시를 못 외운다고 낯선 사람에게 혼쭐난 경험쯤 한 번씩 있지요.

설명적인 지하철 3호선 달려간다.

안락사당한 경주마 무덤 앞에서 운다.

눈물은 나의 굿즈.

아무도 있었다는 것을 모르게 사라져버리기.

잘린 장기와 춤은 어디로 사라졌니.

경주마가 죽으면 그를 아끼던 사람이 편자를 취한다.

넌 어디로 갔니. 참담한 일을 당하면 말을 잃어버린다고 하는데

나는 아무것도 아닌 사람. 아무 일도 겪지 않았다.

안이 아무리 아파도 오리역을 지나 구파발에 가도 나는 직립한다.

'시인이 하도 많아서 내가 사라져도 될 듯함'

조각난 나의 말.

뛰어내렸으나 솟구쳐올랐다.

어디에 닿을지 알지 못한다.

살아 있기에 쓰고 살아남기 위해 쓰는 일.
그저 자연, 아무것도 아닌.

우리의 말발굽은 누가 취하나?

자연
―번견

오래 오는 게 없었다
사랑도 없었다
새벽이 안 왔다
기도엔 응답이 없었다
낌새도 없었다
이렇게 살아도 되는 거냐고
스스로 물었다
몸을 웅크렸지만 편치 않았다
아무도 없을 때 나의 친구는
오직 꼬리
서로 닿지 못하는 곳에 있는
나와 닮은 얼굴을 그렸다
오지 않았다
목소리가 나오다 페이드아웃 되었다
모든 것을 토해낼 것 같았다
영혼 없는 거죽들이 늘어졌다
손이 없는 기도는 계속되었다
답은 없었다
정령도 전령도 없었다
가끔 뭐라도 오길 바랐으나
홀로 느낌이 없었다
지키고는 싶었다

3부

죽을 너와 부활한 나를 위해, 춤

종일

할 수 있는 일에 대해
할 수 있는 말에 대해
생각하다 멈췄다

너는 지물포 집 사내아이
2학년 4반
맨 앞에 앉아 있고
피부가 검다

너를 더듬고
빗어보다
멈췄다

멈출 수밖에 없는
날씨들이 흘러간다 흘러

둑을 터뜨리고 마을을 집어삼킨다
똥물에서 헤엄쳐 피난 가거나
옥상에서 수건을 흔들 때
우리는 수재민이라 불린다

그거 어쩐지 사람 이름 같아
킬킬거리다 하늘이 밝아온다

뉴스 속보는 흘러가는데

영원히 아홉 살에 멈춰 있는

너의 죽음을 검색하면
고양군이 나온다
고양군은 고양군으로 멈춰져 있다
고양시가 나타나도 소용없는 일

야산은 어느 산의 이름일까
동명이인은 왜 이렇게 많을까
수재민의 아이들도 수재민
아이들이 구호품으로 받은 학용품을 품에 가득 안고
집으로 돌아간다

거기에 종일이가 없다

나는 없는 종일을 영원히 있게 하려
시인이 되었다고 생각한다

내내 어리석지만
멈추지 못했다

저주 기계

나한테 해를 끼친 사람은 피해를 본다
고 믿었던 적 있다

하지만 다정한 사람도 아프고 못된 사람도 아프고
앞뒤 가리지 않는 불행을 과연 저주라 할 수 있을까

내가 기계처럼 느껴질 때 있다
'하루하루 똥만 만드는 기계'라는 말이 있는데 난 똥마저
하루 한 번 못 만들고

소용없는 감정들만
공기 중을 배회하게 한다

앞으로 백 년도 못 살 텐데 최선을 다하며 사는 게 좋지
최선을 다할 기운만 있다면……

긴 하루
생강 굴에 들어갔다 질식한 사람에 대한 추모

산소를 좀먹는 부정에 나는 죽는데
너는 슬픔 때문에는 안 죽는 듯
고엽제
이파리를 말리는 명목의 저주

스멀스멀 대를 잇는

다시 말하지만 저주받은 사람 중엔
다정한 사람 악독한 사람
아빠
나

독

나는 땅에
땅속에서
누워 있습니다

시간은 이상하지만
다행이에요
가요 가고 있어요
가만있어도

항아리는 둥글고
안에는 똬리 튼
은팔찌 그리고 귀여운 뱀아

오래 죽이는 땅
가만가만 죽이는 땅
노래는 긴 시간 세상을 떠돌고
여기 누워 되고 싶은 건
누군가 중얼거릴 노래
해치지 않는 노래
무독한 노래
엄마가 어린애한테 불러주고 애인이 씻는 동안 부르는
노래
밤

밤 밤 노래

네 머리는 세모꼴이니? 세모꼴이야?
주문은 완성된다 반복하고 반복하고 반복하면서
세모꼴이야?

중얼거려주세요 나는 시간을 보냅니다
아무것도 안 하고 안 하고

땅속에 묻어놓은 은팔찌
발견하는 날
반짝하고 불러줘요
내가 오래 독을 빼고 있던
오늘보다 내일 더 가만히
사라지던 마음을

권
—4월 16일

모르는 사람으로 죽어간다 내가 아는 건 네가 아니라 너
의 죽음뿐

어떤 사랑이 이곳에 끼어들 수 있을까
갈피에서 납작해진 장미 이파리
집어드는데
바스러진다
어딜 가니 넌

내가 지웠던 글씨들 아직도 바닥에 가라앉아 있다
물을 묻히거나 불을 비춰도 보이지 않고 영원히 영원히
가라앉을 것

이야기한다
후회한다
내가 쓰지 않았음 하는 말투
네가 살아 있었다면 나처럼 말했을까

알 수 없다
서로 모르니

죽은 사람도 생일이 있어 매해 찾아온다
세상이 가라앉을 때까지

매년이 영영 돌아올 수 없을 때까지 —

반지하

세상의 비참한 죽음을 접할 때
내가 죽어버렸어야 했다고 생각한다

가슴을 치는 날이 많다 나는 할머니들처럼 엄마들처럼
운다 다른 방법을
내게 다른 방법을

제발이라는 말보다 진짜라는 말을 쓰면서 쫌이란 말을 쓰
면서
나는 나에게 매달려 있다
내게 다른 방법을

겨우내 차가운 방
밖에선 자꾸 터지는 소리

손이 곱아서 글을 쓸 수 없는 시간
길어진다
가슴을 치는 날들 나는 몸이 아픈 게 아니라서

들어가지 마시오
주인백
주인 없는 나는

차가운 방
주먹이 가슴에 박히고
점점 몸안으로 끌려들어가고

들어가지 마시오

거긴 빈방이 분명하지만 가득할 것이다
차갑고 기분 나쁘고 얼어서 터져버리는

2기 팬클럽

누군 죽음을 말하는 것이 이제 지겹다고 한다
더 중요한 건 뭘까

어떤 조각상은 눈물을 흘린다
우리도 흘리지만

속일 게 많다

꺼내놓지 못한 것들
내 안에서 부대끼는 소리

읊조림. 노래. 밀교의 기도문.

박해를 피해서 성모상을 관음상으로 속인 마음
그렇게까지 해야 했니
죽음을 견디며 신을 사랑한 마음을
팬심이라고 해야 할까
누군 불경하다고 말해도

기도하는 사랑의 손길로 떨리는 그대를 안고*

모든 사소한 것들에서 읽는다
사랑이나 사랑 같은 것

동전이 반쯤 찬 돼지저금통 구슬을 넣은 페트병 구름과 ⌐
구름의 하이파이브 삶이 죽음에게 튕기는, 팽 하고 당겨진
고무줄
　순진한 사람들이 내뱉는 신성모독

　사후 세계를 믿는 주제에

* 조용필의 노래 〈비련〉의 첫 구절. 팬의 열광적인 반응으로 완성
되는 도입부.

건전 가요
—깊은 산으로

나 어릴 때 들었던 노래
듣고 깔깔 웃었던 노래
살을 찢고 목을 째고 금붕어와 짜고 세월을 낭비하고 내
가 나인 걸 잊게 만드는 노래
먼 훗날을 예고하는 가락
신나고 신나고 박수치고 함성
결국에는 눈물이 나는
두 손 모아쥐고 구슬프게 부르는 노래
조이는 가슴 쥐고 서글프게 듣는 노래

그때 난 왜 웃었니
두려운 걸 보면 웃음이 나니까
나보다 멀리 보고 너보다 먼저 알고 우쭐하고
으쓱하고 갑자기 서늘하고
반쯤 썩어 있는 자기 얼굴을
미리 보고 인사하고 마주보고 웃고
그런 일에 담담할 수 있겠니

목을 꺾고 노래하는 작은 것
웃지 마 이건 심각한 놀이 이건 진지한 노름
웃지 마 사실 웃음이 나오지 않는다
그 옛날 깊은 산 오솔길에서 삭아가는 날 발견한 이후로

고음부에서 여러 번 꺾어주며
친구가 엉터리 음정으로 불러주었던 노래
배나무 숲으로 손잡고 가면서 부르던 노래
그날 이후로 쉬지 않고
썩어들어갔단다
우리는 그렇게 구부러진 노래

단지
―생일

여름밤 겨울 낮

내가 다시 태어난 계기

네 등을 찢고 내가 돋아났으니
저기까지
빨간

나는
걷는다고 생각한다
대체 뭘까?
뭐일까?

손에서 으스러지는 전구
모두 꺼지면

붙잡아두기 위해
몰두한다
응고
구름
굳고

가장 더운 날

눈을 맞는다
대체 뭘까?

생각중에
사랑하는 것을 죽이고
태어나니

쓰레기 더미는
출생지
붉은
생, 시

ㅡ **잠깐 있었다**

ㅡ 가장 아름다운 모습?
내가 알 바 아니고
나한테서 떨어져나온 난

호박 안의 모기
툰드라의 미라
돌지 않는 별자리 계절이 멈추고
살이 찌거나 빠지지 않고
미간 주름과 보톡스 부작용을 검색하지 않는다
모르던 도시 이름을 습득하고 알던 도시 이름을 까먹지
도 않네
더 큰 상처를 받거나 치유되지 않은 채
비교적 훼손 없이 박제되어 있지

그건 나지만
지금의 나랑은 또 다르니까
그건 너 준다

시간을 함께 보낸다는 건 구차한 것 너와는 공과금과 월
세를 더치페이하지 못하지
너와 시간을 보낼 생각이 없다 시간이 없다 공동 명의 집
을 위해 청약통장을 부을 예정도 없지 그러나

ㅡ

너는 빛을 반사하는
호박색 목걸이를 걸고
지난날과 지난 나를 기념하라지
가장 예쁜 시절?
그런 거 모르겠고 걍 네 옆에 있던
나

먼 훗날 모기에서 유전자를 추출해
거대한 나를 만들든 내가 가득한 놀이공원 만들든*
알아서 하라지 이래 봬도
그거 꽤 큰 권리니까

* 〈쥬라기 공원〉 중.

허니문

옷통 까면 보이는 비키니
자국 모르는 사이 탔다
시간 무섭다 해가 무섭구나
유딩처럼 생각한다

아름다운 글자 쓰고 싶어요
가령 노을
바다
노을 지는 바다
밤하늘과 밤바다를 넘어서 이곳에 도착했으니
노을 지는 바다에 당신과 함께 빠져 죽을까 그 정도 돼
야 할까

손이 오지 않길 바라며
악수 손님용 찻잔 밤과 낮이라서
허니문이 있는 겁니다
쨍그랑쨍그랑
손들은 자주 드라마의 주연이 되고
따귀?

이게 기행문이니? 이런 글은 못 써 느낀 점 써야지 예쁨
풍경 꽃

같은 허니문에서 느낀 건
양키식 휴양이 제일이라는 점뿐
나는 무식한 물놀이 여섯 시간에 병을 얻었다
못 놀아본 사람의 목숨을 건 놀이 덕분에
웃짱을 깔 수 없게 된 거지

피를 많이 흘리는 낮
밤새도록 타들어간다

어디든 들어갈 수 있지만 허락하지 않겠다
우리 민족이 마음대로 외국에 오고가게 된 건 얼마 되지
않았고

누가 내 몸에 불을 놓았니
작열감 불쾌감
도화선처럼 나 좀먹고
허니문이라는 막장에까지 이르렀지만

아 시간 무섭구나
피는 무섭고

허니문 베이비들이 노을 지는 바다로 달려옵니다
별똥별처럼 바다에 뛰어듭니다

목숨에 책임감 느끼며
나에게 다가오지 않을 손을 믿습니다

태어날 때부터 닫고 왔다
후대는 없다
있다없다 퀴즈—밀랍에 있지만 육각형엔 없는 것은?
허니문은 있지만 베이비는 없고

나는 열흘째 피를 흘리고
도저히 클래식해지지 않는다

노을, 피, 갓난쟁이, 참이슬 클래식 빨간 것들
밤, 해를 본 피부
잠시 빨개졌다 금방 어두워질

초등학교 때 동네에 난쟁이 아주머니가 살았다 외지 사람
이 아줌마에게
애, 어른 안 계시니?
밑에 대고 큰 소리로

어른 안 계시니?
내가 어른인데 왜 그러니?

핏줄
엄마 키를 금세 넘은
딸
각자의 멋짐을 바라보며
양철 대문 너머로 외친다

〈〈eco〉〉
왕을 낳을 수 없습니다
순리를 말하는 자 낳을 수 없습니다
왜냐면 내가 순리
킹입니다

심경 고백

나는 당신을 미워하지만 당신의 종기를 훔쳤어요
당신의 증조할아버지와 키스했고 당신의 백부를 사랑해요
여성지 헤드라인 같은 나

자꾸 고백하고 싶어지는 날 이런저런 고백이 땡기는 날
제사상 받으러 온 조상님께 말합니다
나를 왜 낳으셨나요 왜 내 단초가 되셨어요
온갖 패륜들이 판을 치고 야구 빠따를 품에 안고 고이 잠
들어요

꿈속에선 건강한 소식만 읽혀서 차마 말하지 못했죠
오늘의 헤드라인 '태어나서 다행이야'는
웃음 속에 섞여서 눈에 띄지 않아요
오그라드는 말은 고백이 아닌 민폐

그러니 담백하고도 자극적인 고백이 땡길 때
젯밥 냄새 쫓아온 우리집 고양이의 153대 조모에게 이야
기해요
잘 교미했어요 아이가 참 예뻐요
발치의 너를 물어 죽이고 싶다는 사랑과 저주의 말이
몸속에서 꿈틀거리고 손끝이 간질간질
나 사실 손에서 빔이 나간다?
짝꿍에게 속삭인 비밀이 널리 회자돼요

유령처럼 투명하고 싶은 날 짐승처럼 솔직하고 싶은 날
질러보는 겁니다
세상의 모든 고백, 알고 보니……

보름
—구멍 세 개

밤에 발 담그고 있었다
탄천

발가벗은 보름

똥구멍
질구멍
달구멍이

강물에 비치네

그게 나라네

너도니?
너도 세 개?
넌 네 개?

네가 늘어난다
너는 물위의 구멍

너는 심약한 구멍
너는 독한 구멍
너는

구멍이 되거나 되지 않거나

상관없지
삭이라도

열린 결말과 함께
흠 활짝?
상관없지

내가 말할 고통은 이런 게 아닌데

목덜미가 뜨거워지면 이런 멍청이라고 말한다
뒤통수를 타고 오르는 머리칼

오후의 아버지는 혼잣말로 욕을 한다
방에서 컴퓨터 하는 나를 향한 욕일까봐 놀라지만 아무래도
그럴 리가 없다는 사실을 깨닫고 안도한다
그럼 그 욕은 어디로 간단 말인지
누군가는 반드시 욕을 먹어야 할 텐데

밤이 오는 동안
라면 냄비 속 중탕해놓은 약봉지
차갑게 식어버린다 아무도 말해주지 않고 어둠
식탁 앞의 아버지는 앉은 그대로 사라져버렸다
실은 지켜보지 않아서 모르겠어……
아버지의 모습을 내 마음대로 오려서 식탁 앞에 앉혔고
지금은 그 자세 그대로 방으로 들어간 것이다
구부러진 아버지
포클레인으로 배경까지 떠 옮긴 것처럼
욕과 늦은 오후도 이불 속으로

요샌 아버지가 좋아져 아빠라고 불러보고 싶고
아빠가 싫어지면 다시 아버지가 될

그와 나 사이에 닮은 점
우리는 서로의 병을 공유하지 못하지만 항상
어딘가 아픈 상태이다
난 고환이 아플 수 없고 아빠는 난소를 잃을 수 없지만
아픈 곳이 어디든 상관이 있는지?
정말 어디가 아픈지 알고 싶은 거야?
내 눈 똑바로 보고 말해봐

착한 마음으로 이야기를 들어주려는 사람에게 윽박지르고
영원히 나는 윽박지르는 자세로
버스에 올라타고 창문을 내다보고 기스 난 부분을 쓰다듬
고 아이스크림을 먹을 때도
늘 윽박지르는 그대로이다
여러 번 붙여넣기를 한
목덜미가 뜨거워지고
모가지가 달랑달랑

아빠 아빠 아빠 몰아붙이는 마음
이분의 일 확률로 물려받은 나의 병
좋아하지 않을 이유가 없다

언젠가의 순번 대기표

우리는 걸었고
오랜 시간이 걸렸다

당신이 병문안을 왔기에 말했다
나는 죽기 직전이 아니라
세상을 어설피 보았어요

많은 사람들이 목숨을 걸고
오랜 시간을 걸었다

내가 일산 병원 차폐실에서 잠드는 동안
죽음을 준비하던 동생은 성모 병원에 입원했다
모레 퇴원할 것이다
매번 다행이다

날마다 입원중
병문안을 못 갔다
미안해
매번 다행이다

당신이 병문안 왔기에 말했다
오지 말랬는데 왜 왔나요
잠깐 짜증이 났을 뿐이에요

버릇이죠
미안해요

입퇴원 창구 앞에서
그제 입원 수속을 밟고 내일은 퇴원
우리가 밟아온 길
대기표처럼 제각각 흩어지고

내 앞의 대기자들이 사라진다
가지 말아요
가버려요

조금 더 멀리 가고 싶었다
우리가 보는 것
지금은 진심이지만
누군가 입원하는 내일엔
어설퍼지는 것들

내가 생각하는 것들에게 매번 미안하다
참호 속에서 썩어간 발, 어린 시절을 침대에서 보낸 동생,
가족들과 있으면 아파지는 당신, 다시 태어나기, 다시는 태
어나지 말란 말, 선택 사이에서 고민하기, 천국에 가거나 윤
회하지 않기, 내가 선택할 수 없는 것들

길은 아직 멀었고
그건 늘 다행이다

4부

말의 기원, 맘의 끝

시인이라는 유행 직장

놀랍게도
시인도 노동의 기쁨을 안다
한참 이빨을 까고 집에 돌아가는 길

오늘도 빵 한 덩이 뜯을 자격이 생겼다는
그런 생각 한다
창밖은 검고 보이는 건 유령 같은 내 얼굴
직장인은 누구나 느낄 멜랑콜리

하지만 우리 퇴근하면 일 얘기 안 하는 거잖아요

퇴근 시간이 분명한데 내게 연락하는 편집자의 카톡
그가 직업인임을 생각한다
거기서 삐져나오는 심란한 마음을
동정심이라 부를 수 없다
보편적인 야근 기피증

나는 직업은 있는데 직장이 없다는 얘기를 되뇌며
오롯이 나에게 소속되어 있음을 느낀다

세상만사 장단점이 있는 법이다
한 신선이 온천에서 반신욕하며 중얼거릴 말

요샌 무협 대신 선협이 유행이다

신선이 되기 위해 도를 닦지만
온갖 더러운 술수가 판친다
도는 선이 아니고
시도 선이 아니다

도를 다 닦으면 이제 뭘 닦아야 해

온천에서 나온 일본원숭이들 다이슨 드라이기로 머리를
말린다

줄무늬 셔츠를 입고

줄무늬 셔츠의 방식으로
줄무늬 몸이 됩니다
얼룩말은 줄무늬 말일 뿐인데 얼룩말로 불리니까
나는 얼룩인간의 느낌
간지가 더 가까운 표현
네발로 뛰기

네 것이 아닌 언어와 네 것이 아닌 얼룩 네 것이 아닌 말
이 만나서
서로 쿵쿵 냄새 맡고 주위를 빙글빙글 돌다 짝지어서 낳
은 게
줄지어 나온다 구질구질한 장식을 달고

처음 자취했던 때 우리 방은 너무 과했지 애정과 의욕도
넘치면 쓰레기일 뿐 많은 것을 사 모으고 내다 걸어서 그냥
서낭당 같았다 잘못 디자인한 놀이동산처럼
망태 할아버지가 매일 찾아왔고 반지하 창문을 기웃거렸
다 망하기 직전의 서커스 불을 밝힌

눈을 보세요
줄무늬 몸으로 거리를 활보하다
이것저것 쓰레기를 물어오는
둥지에 쌓아놓은

이름을 강박하다 촌스러워진
얼룩덜룩한 정체를

*

눈뜨라고 부르는 소리*

혼은 눈꺼풀을 가지고 있어
감았다 뜰 때마다 다른 풍경이

끝도 없이 뻗어가는 등나무 모공에서 뻗어가는 투명한 줄
기들 당신이 밟으면 피를 흘리는 식물들 한순간에 시들어
버리는 산림 바람이 불고 모래가 되었다가 먼지가 되어 풀
풀 날리는

빨리 감아, 다른 풍경이 박히게

꽃과 나무가 어린 시절 없이 울창하다
깜빡깜빡 자꾸 새로운 필름을 끼웠다가 뺐다가
늘어나다 흩어지고

나와는 상관없이 갑자기 시작되는

이 명상을 당신과 나누고 싶다 명상은 혼자서 할 수 있는
것이 아니라 모두를 불러들이는 일 이 장소 교탁 화장실 숲
속 사막 계단 밑과 담벼락 너머 네잎클로버밭 샐비어밭 한
없이 펼쳐지고 혼은 범위가 없이 넓어지고 우거지고 폭발
하고 명상 끝에

투명한 줄기로 당신의 목을 조일 수 있다 양손에 줄기를

잡고 꽉 잡아당기면
　당신의 목 풍선 꼭지처럼 조여들고

나는 풍선이 터질 때 폭죽이 터질 때 항상 눈을 감지

깜짝이야
깜짝이야?
시발, 개같은 에너지들이 우거지고

그걸 말로 해야 하는데, 말로 해선 안 되는데……
자꾸 서성거리는
욕으로 번져 나오는

눈을 감았다 뜨는 순간 탄생하는
공간에 대해
노래하는 식물 말 없는
욕설에 대해

* 바흐 칸타타 제140번 〈눈뜨라고 부르는 소리 있도다〉에서 제목
을 빌려왔다.

붓돌기

이름을 몰라 손목에 튀어나온 부분
복숭아뼈도 아니고 손숭아뼈인가
궁금해하지 않고 평생을 살았다

시험은 대충 찍고 시험지 빈 곳에 88개 별자리 이름을 줄
줄 적었지
추위에 떨었던 별자리 관찰
천문학자란 수포자에겐 화성 탐험보다 먼 희망이었으므로
나는 지금 당신에게 모스부호 같은 이 글을 보내고 있지

내가 아는 천문학자들을 나열한다
밤하늘에 빛나는 위인 얼굴 꽤 상투적인데
저기 맨 끝 자리 라지*의 얼굴은 왜 떠오르니

인간은 이상하지
자기에게 가장 가까운 뼈 이름도 모르고
자기 자신의 뼈 뼈처럼 부러지는 마음 같은 걸
모르면서
머나먼 우주를 꿈꾼다

위대한 과학자들은 이 뼈 이름을 알까?
손숭아뼈 말고

나는 허둥지둥 설명하는 천문학 박사 학위자가 된다
목성과 소행성 연구의 권위자 권민경 박사님이십니다

저기요 저기 엄지 아래 볼록한 거기요

저곳에 오글오글 모인 별 보여?
플레이아데스와 좀생이별은 얼마나 어감이 다른지
그런 걸 연구하는 인간이 되어버렸잖아 천문학은 라지에
게 맡기고

우린 얼마나 더 어리석어야 할까?
나는 아직 내 몸을 생각하고
사람의 맘을 생각하고

닿지 못하는 것을 희구하는 건 매한가지

가끔 밤에 나가는 산책
나만 아는 별 이름 되뇐다

* 미국 드라마 〈빅뱅 이론〉의 등장인물. 인도인 천문학자이다.

천 일 동안 고백

나는 최신형 셰에라자드
어제는 독침을 쏘았네 오늘은 세무사와 서커스 내일은 시
민 운동장에 갈 것이네
이 모든 이야기는 나를 짜깁기했고 너를 짜깁기했고 구름
을 짜깁기했지
찢어진 구멍에 덧대진
나는 앞서가고 나를 핥으러 오는 사람들
우리가 풀어놓은 혀는 주위를 맴돈다
이야기는 오늘밤 혼을 얻어 남의 눈동자 속에 잠입하네

스며드는 웃음소리와 재빠른 손가락 나는
식물을 사랑하지 나를 봐다오 말 걸어다오
이 이야기는 끊임없을 것이며 나를 성마르게 할 것이다
그러면 나는
유적지에 갈 것이고 토끼굴에 갈 것이고 야시장에 가겠지
주점들이 늘어서 있는 길
사람들은 나를 지나치네
이야기는 그렇게 다른 목적지로 향하네

흩뿌려진 목소리를 주운 자들은 열광한다
실시간으로 거기 있어주세요 그러기 위해 이야기를 지어
내고
너의 몸을 찢고 다시 꿰매주세요 혀를 차요 손가락을 까

닥여요
  나는 너를 사랑하는 척하는 게 손쉽다
  내일이면 입다물 최신형 셰에라자드

어린이 미사 3
―봉제인형 성당

미사는 공상의 시간
어린 나는 제단과
예수의 죽음을 묵상하는 목판을 바라보며 열심히
공주 공주 숲 호수 밀짚모자 로맨스 재훈 수길 첫 냉이
연산해가는 이미지들

이십 년 만에 성탄 미사에 갔을 때
성당은 너무 컸고
커서 이상했어
동양 최고고 자시고 숨이 막혔으므로
뛰쳐나와서

이다지도 많은 사람이 한 공간 안에 있어
위험해 위험한 거야

빼곡한 1층과 2층과 2.5층과
연산해가며 지금껏 이어져온 이미지들
끝없는 끝말잇기가
너무 빵빵하다 터질 것처럼

나는 성당에 가고 싶었던 게 아니라 1994년 미사에 참석
하고 싶었던 모양입니다 향수병처럼 어린 몸뚱이에 참견하
고 싶었던 모양이죠

소녀여 멍청하고 뚱뚱한데 시험공불 안 해도 시험 잘 보던
공상가여 독서가여
고향이여

오래된 성당을 끌어안는 나
비집고 나오는
솜털 같은 상념들 사이에
그분은 안 계신다
그분은, 그분은……
승, 승천했다!

그 시절
좋아하던 만화의 캐치프레이즈:
"믿는 것이 힘이 돼요"

백업 싱어

내 것이 맞습니까
잘난 얼굴로 춤을 추고 내려와
어두운 방에 갇힌

목소리는 나를 부르고 당신을 부릅니다

부르고 있는 것이 당신입니까 나입니까

얼마나 많은 시간 한방에 갇혀 있었습니까

몸에서 살이 사라지고 뼈만 남는 동안
어디로 갔습니까 목소리가 목소리인 것은 맞습니까

말 못하는 사정
말 못하는 계절들

하지만 가장 눈 밝은

어둠 속에선 시력이 퇴화합니까 맹수처럼 불을 켭니까
우리는 시간을 살고 있습니까
공간은 나의 편입니까

모든 추상이 밤에 옵니다 노래가 되어

잠결에 들리고
베개맡에 머뭅니다

꿈이란 허망
꿈수로 복권에 당첨된 사람이 있다지만

그들이 목소리를 모으면 그것은 행운의 노래입니까 불운
의 노래입니까

사랑을 사랑을 노래하고
불행과 실연을 노래하고

일산과 강남 사이를 오가며

새벽
대로를 울리는 취객의 소리

그건 삶의 사이렌입니까 아니면
단말마입니까

듣고 말하고 부르기
혹은 듣지 못하여 말하지 못하고 부르지도 못하지만

뚱뚱한 우리의 영혼
그것은 공평한
노래
주인공보다 더 가슴을 때리기도 하는
조연들

인기인이 무명이 되는 시간 동안
자꾸 남의 뒤에 붙어 따라오는
그림자

나는 오늘 영혼을 갖고 있는 모양

돌리거나 높이거나
계단을 오르고 내리고

자꾸 시가 아닌 시의 목소리가 떠오릅니다

도서관

내가 읽지 못하는 내
오래된 글씨

문자는 거기 있지만 나는 없어서
그렇게 자주 오고가도 알 수가 없다

나는 이제 의식적으로 손을 잡고 걸어간다
무의식적으로 공기를 가르고

가끔 불 켜진 영혼을 만나는데
손바닥을 내미는 연습

지워진 글자에 스며들어
등 너머를 투시한다

별
—시의 기원

나도 사람이 되고 싶어요 사내의 무릎에 손 올린 곰 소년
큰일날 소리다 사내는 걱정스럽게 내려다보고
그들의 가슴에 오로라 오로라 물결치는 들판에서

나를 굽어보아줘요 걱정스러운 세 개의 눈으로
휘파람 불어줘요 둥근 입술에 꽉 차다 새는 바람 방귀처
럼 알궂어요 모든 걸 조절할 줄 아는 사람 될래요 내 입술에
서 태어나는 고통 노래의 기원 통제할 수 있는
괴물이 되고 싶어요

별이 떨어지는 이율 아니 별은 너무 유치하게 하늘에 박혀
있던 거다 그런 두 팔 벌림 하늘에서 낙하하고 있는 꼬락서
니 언젠가 투신한다면 너도 별의 이름을 갖게 되겠지만 그
건 결국 박살난다는 뜻

클 수 있어요 더 거대하고 견고해질 수 있어요
말하는 대신 단단히 갇힐 거다
곰의 다린 짐이에요 구질구질해요
찌그러질 장래가 있잖니
소년의 털북숭이 손이 사내 무릎을 파고들고 사내는 오
래오래

대체 나는 곰도 사람도 휘파람도 아닌 채 들판을 떠돌고

별처럼 유치하지만 추락할 준비 되어 있다 화륵 다 타면서 ⎯
옷을 각오

손을 잡아주겠어요? 눈이 마주쳐도 시비 걸지 않을게요

굽어보고 내려다보고 우리의 시선은 구불구불 물결치고
가슴속의 오로라

타오릅시다 기절 외침 들판을 기어다니며 납작

백스페이스

나는 나를 배신해야 한다
세 번 네 번 배신의
배신을 넘어
나를 잊어야 한다

얌전한 거짓말탐지기

짜릿한 전류
그거 몸엔 괜찮은 건지?

건너편의 나를 본다
연회장엔 기다란 식탁
이 끝과 저 끝에 나랑 내가
식사를 한다
너무 멀어
뭐라고? 다시 말해봐

식탁보에 음식을 흘린 나는
내가 볼세라 소매로 닦는다

얼룩은 너무 쉽게 옮아간다
나는 더러운가요

집사에게 묻는다
저 사람 누구예요?
헛기침을 한 집사가 대답하길
권민경입니다
그럼 나는 누군지 알아요?
모릅니다

새벽이 오면 세 번 울던 닭이 오늘 요리가 되어 나왔다
맛은 있었다

하지만
나는 나를 의식하므로 나를 잊지 못하고

멀리 식기 부딪히는 소리

나와 나는 닭다리를 내려놓고 날개와 목을 취한다
소매로 코를 쓱 닦아도 나는 모른다

침을 뱉는 습성이 있습니다. 조심하세요!!*

외로운 사람이 외로운 사람에게 끌리고

혼자 떠돌다가 만난 동족
이해하지 어딘가 나와 닮은 사람이 있을 거라 믿으며
살아남았으니

알아요? 공감은 멀리서나 가능
다가오지 마 나는 스컹크 정서불안 닥스훈트
겨울옷을 입고 탄 좌석버스처럼
서로 자리를 침범
하지 마
함부로 만지지 마

뚱뚱한 패딩 입는 습성 때문에
차가운 날씨 때문에
허락 없이 쳐들어오는 외풍 같은 마음들
이해하기 때문에 더더욱 견딜 수가 없는

지독한 가스 내뿜고
서로 마음을 할퀴며
짖는다
왈
이라는 글자

절규에 가깝다고

검침하러 온 사람을 문
사나운 개
가끔씩 들려오는 깽깽 소리
맞고 있는 게 분명하다
맞지 말라고

남미에서 온
낯선 자
울타리 안에서
침을 뱉는다
제발 맞지 마 그러니

함부로 침범하지 마세요 우리 멀리
먼 곳에서
스스로 검침해
퉤―

* 서울대공원 과나코 우리에 기재된 경고 문구.

공든 탑

뭐든 때려 부수고 싶을 때 그가 말한다
날 때려 날 때려 날 때리고 분 풀어
순간 누그러들며 죄도 없는 사람을 때릴 정도로 막장이 아
닌 것에 감사한다

남친이 남편으로 재정립되고
내가 생각하는 시가 무너지는 동안

날아오른다
날아올라

나는 강자에게 강하고 약자에게 약하지
나를 좋은 사람이라고 믿는 사람에게
좋은 사람이 되어줄 것인데

남편을 때리는 아내가 되지 못하고
영영 데이트 폭력을 일삼지 못하며
너무나도 선량한 사람이 마지막 치약처럼 짜낸
또아리
원념이라 불릴
기역자로 꺾인 뱀
니은자로 꺾인 뱀

저는 시를 쓰는 대신
포즈를 취하고 있습니다 그것이 세상의
재정립인 양

편두통이 심하면 뇌가 변형된다고 하던데
내 세상님은 스스로 변하길 원한다

사람을 공격하는 법
정신적으로
사람을 공격하는 법
조인트를 까는

조인트를 까인
조각상이 와르르

나는 여러 가지 위치에너지를 재정립하는 중이므로
나를 자꾸 망치다가
다시
다시
종
쫑
종
쫑

쫑날 때까지
당신의 기호를 조립

시상식

오라 그래서 갔는데 내 자리가 아니었다
꽃과 나무를 나르는 아저씨들
앉을 자리를 찾지 못해 띄엄띄엄하는 사이 막이 열리고
뭔가 시작하려는 모양
어, 뭘까? 어딘지 어리둥절 어리바리
머쓱한 꽃냄새가 빠져나간
빈 공간을 채우는 사람 비린내
한국인은 다른 나라 사람에 비해 체취가 적다
어딘지 음흉한 기분 죄짓는 마음
동시에 세상에서 가장 순결한 사람이 된 양
우쭐댄다 하지만
예외는 어디에나 있다 넌 지독히도
냄새나는 인간
너만 보면 늘 인상을 찌푸렸는데
나는 날 잘 안다 덕이 없어 문제
덕을 많이 쌓아야 저렇게 좋은 자리에도 불려 나가고 하
는 건데
매캐한 향냄새만 남는 것인데
참말로 요란한 밤이에요
인생에서 몇 안 되는
스포트라이트 별빛이나 달빛
주인공인 줄 알았는데 내 것이 아니었던
잘 마른 볕 냄새

팀파니 연주자여 내게 사랑을

둥둥 울리는 북소리와
둥둥 뛰는 부정맥과
고양되는 기분
고양돼서 사람을 죽이는
개새끼들 쉽새끼들

당신은 부피를 갖고 질량을 갖고 무게와 길이로 수치화
된다
존재감은 모든 것을 퉁치는 말이지만
사랑이여 사람을 어떻게 정의할 것인가
아니, 아니, 사람이여 사랑을 어떻게 정의할 것인가

팀파니를 둥둥 울리며 걸어갑니다—그건 불가합니다
둥둥 울리며 공간을 가득 채웁니다 귓구멍으로 들어와 해
골을 공명합니다 뇌도 자극합니다 가능합니다

어떤 불가와 가능성이 우리를 한 공간에 몰아놓고
감히 되도 않을 연주를 시키네
쇼스타코비치여 그때 당신이 만든 교향곡에 편성한
팀파니와 팀파니 주자를 알고 있습니다
그만을 위해 언젠가 팀파니 협주곡을 작곡하겠다는 꿈
이루지 못할 꿈을 뒤로하고
우린 시시각각 클래식이 되는 중

클래식을 희망하는 중
낡은 것 중 쓸 만한

하지만 사랑은 절찬 상영 방영 공연 대유행중이므로
쿵쿵쿵쿵쿵 하고 두 팔을 힘차게 교차하고
킹콩이 되고
—킹콩도 사랑을 했지, 암 그렇고말고

사람을
해치지 않으려 노력하며
소중한 것을 지키며

누군가의 가죽이 아닌 스스로의 가죽으로 만든
악기 물리적인 악기 생각과 말이라는 악기 성대는 종종
악기로 비유되고

공간을 꽉 채우는 공명과
텅 빈 객석을 생각합니다
공명과 공동
비어야 소리가 나기에

사랑해주세요 사랑을 주십쇼 감히 가까이 다가가기에도
두려운

우리는 서로의 사상을 검증하며 조심스레 말을 걸지만

증명하시오 당신의 불경함을 당신의 정치적 올바름을 슬
픔과 기쁨을 이것이든 저것이든 이분법적이지 않은 당신의
정체를
해골이 소울을 가득 담아 연주하는 북처럼
경이로운 연주로

팀파니 주자여 찢어진 가슴을 더 두들겨 찢어주시고
새 자루에 새 술 담듯 새 악기에 새 사랑과 새 영혼과
그 모든 일련의 질량 없는 것들 가득 담아주소서

사랑이여 담겨주소서
남의 가죽이 아닌 나란 자루에
우승 기원으로 담근 과일주에
연주만을 위해 지어진 전용 홀에
눈구멍 속에 담긴 눈알 같은
이 지구에

뛰는 심장 팬클럽

박상수(시인, 문학평론가)

1. 눈물은 나만의 굿즈

권민경 시가 만들어내는 '입체적인 낙차'를 사랑한다. 그의 시는 사람을 웃겼다가 울리거나, 반대로 울렸다가 웃기기를 잘한다. 눈물 콧물 웃음이 공존하는 얼굴을 보는 것 같다. 높은 곳으로 갔다가 단숨에 떨어져내리고 바닥을 기어가다가 높은 곳으로 우리를 데리고 순간 상승한다. 이렇게 만들어진 낙차가 활력과 생기를 만들며 권민경만의 독특한 공연장으로 우리를 끌어들인다. 매력적이고 신기하다.

예를 들어 이런 구절. "눈물은 나의 굿즈"(「자연—뛰는 심장 어디로」). '상품' 혹은 '기념품' 정도의 용례로 이제는 보편화되었지만 '굿즈'에는 여전히 대중문화 콘텐츠와 서브컬처의 분위기, 아이돌의 세계, 아이돌을 좋아하는 팬과 2차 창작, 소비사회의 스펙터클과 관계성을 다채롭게 연상시키는 면이 있다. 따라서 전통 서정의 대명사인 '눈물'을 '굿즈'의 영역으로 데려오는 순간, 저 구절은 키치하면서도 상상력을 자극하는, 현대적인 생동감을 발산하는 아이디어가 된다. '나의 눈물 굿즈'는 어떤 모양일까. 엉뚱발랄한 이 굿즈를 누가 사기는 사줄까? '눈물이 굿즈라니 무슨 말이야' 하고 생각했다가 '맞네, 눈물도 굿즈가 될 수 있구나. 참신해!'로 넘어가는 순간의 즐거운 낙차가 좋다.

이게 전부는 아니다. '굿즈'의 배면에 병과 죽음, 고통에 대한 암시가 짙게 깔려 있다면? 같은 시의 "눈물은 나의 굿즈./ 아무도 있었다는 것을 모르게 사라져버리기./ 잘린 장기와 춤은 어디로 사라졌니"와 같은 구절을 보자. '사라진다'는 말은 '굿즈'로 깔깔거리던 우리의 기분을 땅 위로 차분하게 데려온다. 화자는 오랜 시간 아팠고, 언제든 이 세상에서 자신이 사라져버릴 수도 있음을 자각하며 살아온 것 같다. 약동하는 생명력으로 춤을 추기는커녕 몸에서 잘려나간 것들을 떠올리다가 이렇게 약한 내가 이 세상에 겨우 남길 수 있는 건 어쩌면 '눈물'밖에 없을지도 모른다는, 병과 함께 살 수밖에 없는 사람으로서의 담담한 실존을 드러내는 순간 "눈물은 나의 굿즈"라는 문장은 짙은 페이소스를 만들며 마음 한쪽을 둔탁하게 건드린다. 여기서 또 한번의 인상적인 낙차가 발생한다.

　권민경 시집을 읽는 방법에는 여러 가지가 있겠지만, 산문에서 그가 "종양이 잘 생기는 체질이 있다는데 내가 그런가보다. 첫 수술은 스물한 살. 십 년이 지난 지금도 어딘가에 새로운 혹이 생겨난다. (……) 나는 가족들에게 농담조로 새로운 병을 알리곤 했다. 나는 혹부리 여자인가봐, 하는 식이었다"[1)]와 같이 고백했던 것을 빼놓고, 실존과 완전히 분리하여 그의 시를 읽는 일이 쉽지는 않을 것 같다. 그래, 어떤 시들은 시인을 불러서 함께 읽어야 하는 것이다. 권민경의 시적 화자는 '아픈 사람'이라는 정체성에서 출발

---

1) 권민경, 『등고선 없는 지도를 쥐고』, 민음사, 2023, 163~164쪽.

하지만 거기서 그치는 법은 없다. 한없이 아파하고 흔들리면서도 "나는 혹부리 여자인가봐"에서처럼 애써 웃고 농담하며 담담히 견디는 일을 멈추지 않는다. 그러다가 또다시 죽음의 기운이 감당할 수 없을 정도로 들이닥치면 얼굴을 파묻고 울다가 쓰윽 눈물을 닦고, 콧물을 훌쩍이면서 일어설 것 같다. "눈물을 보석에 비유하는데/ 맞아? 그건 그냥 짠물/ 생리대마냥 필수품"(「밀수」)이라고 말하며 생긋 웃고 또 걸어가는 어떤 사람. 그럴 수 없을 것 같은데도 그렇게 하는 사람.

2. 낙차가 만들어내는 서사적 활력

첫 시집 『베개는 얼마나 많은 꿈을 견뎌냈나요』(문학동네, 2018)에 수록된 많은 작품들이 생생하게 기억에 남지만 특히 「노루생태관찰원」의 인상은 여전히 선명하다. 거기엔 몸이 아파서 힘들었던 과거에 대한 화자의 회한과 이제는 잠시 살 만해져서 아픈 동생을 위로하기도 하며, 자신이 아팠다는 것을 잠깐 잊기도 하는 스스로에 대한 복합적인 감정이 명랑한 탄력 속에 살아 있었다. 남은 생을 열심히 살 테지만 그 삶이 내 뜻대로 될 리는 없고 어쩌면 신나서 노루 구경하다가 다음 일정을 놓치고 뒤죽박죽 섞여버리는 여행 일정 같을지도 모른다는 성숙한 마무리도 감탄하며 읽었다.

권민경의 첫 시집은 아픈 자로서의 실존적 고통과 그 속에서도 유머러스함을 잃지 않고 삶과 죽음, 세계 인식의 깊이와 품위를 동시에 확보한 인상적인 시집이었다.

두번째 시집 『꿈을 꾸지 않기로 했고 그렇게 되었다』(민음사, 2022)로 넘어가면서 권민경의 시적 화자는 "내 베프는 나/ 내가 없으면 내가 어떻게 살겠어/ 뭘 보존하겠어"(「서늘하고 축축한 곳간」)라고 혼잣말을 하며 누구도 대신해줄 수 없는 삶의 고통에 대해 쓸쓸하면서도 아프게 말하기를 주저하지 않았다. 꿈? 꿈이라는 게 있어? 꿈을 꾸며 사는 삶이 가능해? 시집 제목이 주는 서늘한 인상이 정말로 시집 전반에 깔려 있었다. 또한 "효 나는 내가/ 죽지 않았음 좋겠어/ 멍이 오래 든 밤// (……)/ 바다거북 죽고 나서도/ 나는 살아 있음 좋겠어"(「꿈을 꾸지 않기로 했고 그렇게 되었다」)라고 자신의 반려자에게 간절하고도 슬프게 말하는 장면을 자주 보여주었기에 축축해진 눈빛으로 시집을 따라 읽을 수밖에 없었다. 그런 의미에서 두번째 시집은 고통에 잠식되지 않으려는 초월적 담담함 대신 오히려 고통에 패배하여 쓰러진 채로 막다른 곳에 도달한 자의 절망과 습기가 강렬했다. 또한 솔직하게 그걸 드러내었으며, 그럴수록 끝까지 살고 싶다는 간절한 기원이 진창을 헤집고 꿈틀거리는 언어 속에 담겨 있었다.

이제 세번째 시집에 이르러 권민경이 그동안 보여주었던 실존과 세계관, 스타일은 비로소 적절하게 통합되어 균형감과 완성도를 갖추고 인상적으로 결합된 것으로 보인다. 우선적으로 언급해둘 것은 편편마다 삶의 기운과 죽음의 필멸성이 힘을 겨루어 '서사적 역동성'을 확보하고 있다는 점이다. 물론 이것은 첫 시집부터 이어져온 권민경의 장기인데 이번 시집에서는 더욱 완성도를 갖추어 유감없이 발휘된다는 점에서 주목할 만하다. 가려 뽑은 세 편의 시를 이어서 읽어보자.

먼저 이런 작품. ①"나한테 해를 끼친 사람은 피해를 본다/ 고 믿었던 적이 있다// 하지만 다정한 사람도 아프고 못된 사람도 아프고/ 앞뒤 가리지 않는 불행을 과연 저주라할 수 있을까// (……)// 앞으로 백 년도 못 살 텐데 최선을 다하며 사는 게 좋지/ 최선을 다할 기운만 있다면……// (……)// 다시 말하지만 저주받은 사람 중엔/ 다정한 사람악독한 사람/ 아빠/ 나"(「저주 기계」). 인용한 대목을 통해 권선징악과는 전혀 상관없이 무차별적으로 찾아오는 죽음의 진군 앞에서 할말을 잃은 화자의 무력감을 확인하는 건 어렵지 않다. 그럼에도 이 작품은 '아빠랑 나는 저주를 받은 것 아닐까?'라고 묻는 듯한 화자의 씁쓸한 듯 유머러스한 어조 때문에 고통이 중화되는 면이 있어 아예 바닥으로 추락하지는 않고 일정 정도 '현실감'을 유지한다.

그럼에도 '죽음의 무차별성'이 지워지는 것은 아니다. 몇편의 작품 뒤로 이어지는 다시 이런 작품. ②"세상의 비참한 죽음을 접할 때/ 내가 죽어버렸어야 한다고 생각한다// 가슴을 치는 날이 많다 나는 할머니들처럼 엄마들처럼/ 운다 다른 방법을/ 내게 다른 방법을"(「반지하」)과 같은 구절을 읽다보면 두번째 시집에서 강렬하게 보여준, 그야말로 숨구멍을 찾을 수 없는 '바닥의 절망감' 속에서 우리도 길을 잃게 된다. 타인의 죽음을 자신의 것으로 껴안아 아파하고 우는 목소리는 도망갈 곳을 찾을 수 없도록 우리의 숨통을 잡고 뒤흔든다. 기억해야 할 것은 권민경이 만들어내는 서사적 역동성이 늘 다음을 준비한다는 점이다. 우리가 낱개로 시를 읽을 때와 달리 시집으로 시를 읽을 때, 한 시인의 작품 세계가 꽤 다르게 인식되는 이유도 여기 있다. 시집 안에서 시가 배치되는 양상에 따라서 다른 서사가 형성되는 것이다.

같은 맥락에서 세번째로 연결하여 읽어볼 작품은 「2기 팬클럽」이다. 시적 화자는 여기서 이런 말을 한다. ③"죽음을 견디며 신을 사랑한 마음을/ 팬심이라고 해야 할까/ 누군 불경하다고 말해도// (……)// 모든 사소한 것들에서 읽는다/ 사랑이나 사랑 같은 것// (……)/ 순진한 사람들이 내뱉는 신성모독// 사후 세계를 믿는 주제에". 자, 어떤가. 신이 없다고 말하는 '순진한' 사람들이 있다. 그런데 왜 사후 세계는 믿는가? 결론부터 말하자면 신은, 있다. 죽음의 가장 밑바닥, 어쩌면 불경(?)하게도 '팬심'과 '종교적 믿음'을 같은 걸로 생각하며 신이 없다는 말로 신성모독을 감행해도 (자신도 모르게 다른 한쪽에서는) 사후 세계를 믿고 있다면, 그건 곧 신을 향한 위장된 팬심에 다름 아니라고 권민경의 화자는 말한다. 모든 사소한 것들에서 '사랑이나 사랑 같은 것'을 읽어내면서 동시에 '희망과 구원에 대한 간절한 믿음'을 포기하지 않는 삶. 이제 앞서 삶의 바닥에서 고통받던 내면의 절규는 삶을 향한 기운과 만나고, 죽음으로 이 세계가 끝나는 게 아니라 사후 세계가 있다는 믿음으로 개방된다.

이쯤 되면 조금 전까지 심각하던 화자가 어느덧 세상의 모든 고통받는 사람들에게 '이제 눈물 좀 정리하고 우리 팬클럽에 가입하실래요?'라고 QR 코드를 가르쳐줄 것 같다. 이름하여 〈사후 세계 팬클럽〉. 눈물이 굿즈라면 신은 아이돌이다! '신'을 '아이돌' 쪽으로 당겨오는 권민경만의 독특한 키치적 생동감은 여기서도 매력적이다. 저 먼 곳에서나 가능할 것 같은 성스러운 믿음은 이 땅의 현실감을 선명하게 입고 우리 삶 속에 다시 태어나는 것 같다. 이제 '반지하'에서 '저주 기계'를 거친 우리의 삶이 '사후 세계 팬클럽'으로 도약한다.

이번 시집은 이와 같은 서사적 운동성을 자주 만들어낸다. '①현실→②바닥→③희망'에서 완결되는 게 아니라 다시 '③희망→①현실→②바닥'이 되기도 하고, '②바닥→③희망→①현실'이 될 수도 있다. 그러니까 권민경은 '성'에서 '속'으로, 죽음에서 삶으로 넘어가는 과정의 서사적 변화를 그 바탕에 깔고, 진지함과 경쾌함을 자연스레 섞어서 낙차 큰 지그재그의 서사적 역동성을 만든다. 우리는 '1기' 다음에 '2기'가 반드시 있다는 걸 믿는 '팬클럽'이다. 삶의 연속성과 서사적 활력은 이렇게 확보된다.

3. 이미지와 말의 리드미컬한 도약

　이처럼 '낙차가 만들어내는 서사적 활력'만큼이나 권민경 시의 '입체적 활력'을 빚어내는 요소가 하나 더 있다. 바로 '이미지의 리드미컬한 도약'이다. 특히 끊어졌다 이어지는 개별 이미지의 독특한 연쇄는 리듬감의 강력한 조력을 받아 자연스러운 설득력을 얻는다. 권민경의 시집을 따라 읽으며 궁금한 것은 '고통받고 흔들리면서도 웃고 농담하며 생명 쪽으로 나아가기를 멈추지 않'는 일관된 태도가 어디에서 힘을 얻는가의 여부이다. 이번 시집에서 두번째로 주목해볼 것은 권민경만의 스타일이라고 할 수 있는 '이미지의 리드미컬한 도약이 만들어내는 활력감'이다. 두 편을 골라 읽어본다.

　①
　한 사랑이 끝나는 동안 나는 넋을 놓고 앉아 있었다/ 천변엔 왜 이렇게 사람이 많을까 개가 많을까 개를 데리고 나오지 않은 사람의 집에 고양이가 있을까 상상하며/ 저물녘을 맞았으며/ 이것이 밤의 시작인 것이/ 분명했다// (……)// 찢어발긴 노래 가사가 훨훨 난다/ 서로를 축하하는 꽃가루// (……)// 눈을 찌푸리면 세상이 잠깐 어두워진다/ 내가 모든 일의 중심이라는 증거// (……)// 넋을 놓고 있는 동안/ 맹금류는 먹이를 찾아 난다

②

　보이지 않는 곳 자르면 아무것도 아니게 된다./ 상상 속,
외롭게 펄럭이는 한쪽 난소./ 뭉툭하게 아물었을 갑상선
자리./ 기타 등등으로 나는 조각났으나 보이지 않는다. 장
기가 난 자리를 정체불명의 문장들이 메운다. 가령/ '너
와 나의 말발굽'// 달리는 말. 달리는 말. 예민한 말. 수틀
리면 주인이라도 떨구는, 사실 주인이 없는 거대하고 무
거운 생물. 가는 다리로 달리는 말들. 입에 편지라도 물
고 뛸 거 같은// 말에 집착하는 이유 여러 가지지만/ 옮긴
병원은 구파발에 있다./ 마음에 문제가 있지만 눈에 보이
진 않는다. 내 부족한 부분을 여러 알약이 메우는데/ 낱
말처럼 여겨진다. 그게 내 안에서 굴러다니다/ 나는 모를
원리로 작용하는 것. 자기 약 설명서도 외우지 못하는데/
이런 게 시인?/ (……)// 조각난 나의 말.// 뛰어내렸으
나 솟구쳐올랐다.

—「자연—뛰는 심장 어디로」 부분

　2부 '자연' 연작 시편들 중에서도 권민경 시의 특징을 잘
보여주는, 이미지의 진폭이 선명한 두 편을 골랐다. 먼저 ①
을 볼까? 사랑을 잃고 화자는 저물녘의 천변에 나와 앉아
있다. 상실의 경험은 물론이고 곧 밤이 시작될 것 같은 분

위기 때문에 시적 이미지는 그대로 가라앉은 채로 담담하게 이어질 것만 같다. 그런데 생략된 대목에서 어떤 노래가 들렸고, 화자는 불확실성 속에서 그 노래가 떠난 사랑과 같이 들었던 노래인지 혼자 들었던 노래인지 곰곰 떠올리기 시작한다. 중요한 것은 그러다가 돌연 "찢어발긴 노래 가사가 휠휠 난다/ 서로를 축하하는 꽃가루"에서처럼 처음의 상상이 돌연 정지되고, 하늘에서 쏟아지는 꽃가루 속 노래의 가사가 역시 찢긴 종이처럼 날린다는 점이다. 이런, 이별 축하 페스티벌인가? 그런데 화자가 눈을 찌푸리면서 세상은 다시 어두운 이미지로 차분하게 가라앉는다.

여기가 끝이 아니다. 시의 마지막에 "맹금류는 먹이를 찾아 난다"에서처럼 다시 하늘로 시선이 이동하면서 먹이를 찾아 나서는 활기찬 새의 역동적 이미지로 또다시 도약한다. 즉 이 작품의 이미지를 단순화하자면 '천변(땅)→공중(하늘)→내면(땅)→더 높고 광활한 하늘(하늘)'로 극적인 상승과 하강을 반복하며 '이미지 연결의 낙차'를 드러낸다. 따라서 권민경 시를 읽을 때 이미지적으로 리드미컬한 운동성을 자연스럽게 경험하게 된다. 끊어졌다 이어지는 이미지가 역시 '낙차'를 만들어내며 긴장감을 만들고 감각적인 측면에서도 매우 역동적인 활력으로 다가온다는 말이다.

이번 시집에서 가장 인상적인 시편 중 하나인 ②는 또 어떤가. 화자는 자신의 몸이 여러 번 수술을 받아 보이지 않는 곳에서 상당히 조각나 있음을 느낀다. 이는 병을 오래 앓은 사람의 자연스러운 신체감각일 것이다. 그런데 조각과 조각 사이를 채우는 것은 "정체불명의 문장들"이다. 이런 대목이 신기하다. "'너와 나의 말발굽'" 같은 구절을 보자. 갑자기 떠오른 이 '말'은 '말(馬)'이기도 하지만 '말(言)'이기도 하다. 화자의 의지로 제어되는 법이 없고 "수틀리면 주인이라도 떨구"고, 멋대로 달린다. 그런데 이처럼 '조각난 신체'의 일부를 채우는 '말의 이미지'는 신체뿐 아니라 정신에도 겹친다. 마음에 병이 있어 병원에 갔을 때에도 부족한 부분을 채우는 것은 결국 "낱말"의 이미지이고 이 낱말들은 화자도 알지 못하는 원리로 작동하며 자기 안에서 달린다. 결국 "조각난 나의 말.// 뛰어내렸으나 솟구쳐올랐다"라는 마지막 구절은 화자가 생각하는 '말의 이미지'가 어떤 것인지를 역동적으로 드러낸다. 말이 '널뛰는 것' 같다.

다시 정리하자면, '내 안의 말(言)'은 '나'의 의지와는 상관없이 제멋대로 움직이고, 바로 그렇게 움직임으로써 역설적으로 나의 부족한 부분을 채워주며, 알 수 없는 곳으로 나를 데려다주는 말(馬)이다. ②의 부제가 '뛰는 심장 어디로'임을 상기한다면 화자에게 자기 신체에서 제멋대로 움직이는 이 '말(言/馬)'은 특별히 '심장의 박동'과 등가로 연결됨을 알 수 있다. 이 대목이 중요하다! 심장은 우리의 의지로 제어되지 않는 '불수의근'이다. 그런데 의지로 제어되지 않는 '자율성'이 인간의 생명을 굳건하게 지키는 것처럼 자기 신체의 부족한 부분을 채우는 '말'도 말하는 자에게 일방적으로 종속되지 않고 자율성을 가진 채로 움직일 때, '내'가 살아 있음을 환기시켜주는 에너지의 근원이 될 수 있다. 결론은 이러하다. 이미지의 리드미컬한 도약에는 말의 리드미컬한 자율성도 결합된다고.

권민경은 말의 예측 불가능한 뜀박질에 자신을 내어줄 줄도 안다. 이것이 바로 권민경 시에서 '이미지와 말의 리드미컬한 도약'이 반복되는 이유이다. 자신을 내어줬다 조이는 과정에서 말의 리듬감은 더욱 발랄하게 작동한다. 권민경에게 이미지의 리드미컬한 하강과 도약, 진로를 예측하기 힘든 운동성은 자신의 살아 있음을 증명하는 중요한 사건이다. 또한 시를 쓰고, 이미지의 낙차를 만들며, 리드미컬한 도약에 몸을 내맡기면서 어디로 가는지 모르는 말의 운동(박동)과 함께하는 일은 '살아 있음을 확인'하는 매우 '자연'스럽고도 중요한 의례인 것이다. 그는 조각난 자신의 신체를 말의 자율적 운동과 그에 대한 믿음으로 연결하고 이어붙여 생명력이 다시 웅성거리는 유기체로 재탄생시킨다.

결국 종합해보자면 앞서 언급했던 낙차 큰 서사가 만들어내는 활력은 일종의 '물결'과 '파동'을 만들고, 출렁이며 삶을 앞으로 나아가게 하는 마술을 자신도 모르는 사이에 만들어내는 일이기도 하였다. 여기에 다시 자율적인 말이 하강과 상승의 운동을 감행하며 이미지 간의 낙차를 더 크게 만들고, 낙차에서 오는 역동성을 서사의 활력과 입체적으로 결합시키면서 '강한 생명력'을 만들어낸다는 점을 주목해보아야 한다. 그렇다면 〈사후 세계 팬클럽〉은 사실 〈뛰는 심장 팬클럽〉이기도 한 것! "살아 있기에 쓰고 살아남기 위해 쓰는 일,/ 그저 자연, 아무것도 아닌"이라는 결구는 그래서 설득력을 얻는다. 이제 〈뛰는 심장 팬클럽〉은 진가를 발휘한다. 살아 있다는 것은 심장이 뛰고 있다는 것. 심장이 뛰고 있음을 확인하는 일은 자연스러운 일. 그 자연스러운 일을 지속하고 싶은 마음. 살고 싶은 마음. 권민경은 〈뛰는 심장 팬클럽〉의 핵심 멤버로서 말과 이미지의 리드미컬한 도약을 수행하고 동시에 그것에 영향받으며 병의 고통과 신체의 찢김을 차근차근 회복해나간다. 권민경의 작품에서 서사, 이미지, 말의 낙차가 만들어내는 자율적 활력은 자신이 살아 있음을 세상에 증명해내고 또한 스스로의 삶을 이어가게 하는 중요한 일이 된다.

4. 지금의 나 역시 나

돌아보면 비록 첫번째 시집에 관한 것이었지만 다음의 말들은 여전히 권민경 시집을 관통하는 주요한 참조점이었다. "얼마나 자신의 고통과 직면했으면 이런 자세를 가질 수 있나, 뭉클해졌어요"(하성란), "큰 병을 앓으면서 얻은 삶과 죽음에 대한 통찰로 가득해요. 그런데 이 시집은 그런 선입견을 갖고 너무 경건한 마음으로 읽지 말라고 얘기해주는 것 같았어요"(김수이)라든지, "우연성에 나를 의탁해야 하는 불안함이 아니라 일종의 의지의 낙관이 드러나는데, 그게 위화감 없이 전달돼요"(김미정).[2] 권민경 시집을 읽은 사람이라면 누구나 충분히 공감할 수 있는 감상일 것이다. 고통에 직면하는 진지한 태도의 뭉클함, 삶과 죽음에 관한 통찰을 이야기하되 무게 잡지 않고 오히려 생생한 입말을 동원하여 자연스럽게 풀어내는 솜씨, 미래를 알 수 없는 불안 앞에서 끝내 삶을 포기하지 않고 의지의 낙관을 유지하려는 태도는 분명 어떤 비극적 순간에서도 권민경 시를 든든하게 지탱한다.

뿐만 아니라 보다 근원적인 차원에서 권민경의 세계를 지탱하는 주요한 힘을 마지막으로 하나 짚고 넘어가야 할 것 같다. 그의 작품을 읽다보면 파괴적 자멸로부터 스스로를 구원해내는 메타적 자의식이 상당히 건강하게 작동하고 있다는 점을 알 수 있다. 바꿔 말하면 스스로에 대한 높은 자존감이라고 할 수 있겠다. 예를 들어 「잠간 있었다」와 같은 작품을 보자. 전문을 읽으면 더 흥미롭지만 요약하여 읽어보자. "가장 아름다운 모습?/ 내가 알 바 아니고/ 나한테서 떨어져나온 난// 호박 안의 모기/ 툰드라의 미라/ (……)/ 더 큰 상처를 받거나 치유되지 않은 채/ 비교적 훼손 없이 박제

---

2) 김미정, 김수이, 하성란 좌담, 「이 계절에 주목할 신간들」, 『창작과비평』, 2019년 봄호에서.

되어 있지// 그건 나지만/ 지금의 나랑은 또 다르니까/ 그
건 너 준다// (⋯⋯)// 먼 훗날 모기에서 유전자를 추출해/
거대한 나를 만들든 내가 가득한 놀이공원을 만들든/ 알아
서 하라지 이래 봬도/ 그거 꽤 큰 권리니까". 어떤가? 상상
을 덧붙여 이해해보자면, 화자는 누군가에게(아마도 옛 연
인?) '가장 아름다웠던 때'가 언제였는지 질문을 받은 것 같
다. 살이 찌거나 빠지지도 않았고 주름도 없었으며, 기억력
도 좋았던 때가 있었지. 그래, 그런 때가 있었지. "비교적 훼
손 없이 박제되어 있"었다는 말이 상기시키는 그 시절의 아
름다움. 그런데 중요한 건 그 시절의 '훼손되지 않았던 나'
도 '나'였지만 지금의 '훼손된 나'(아마도 수술과 투병을 거
친 이후의 나) 역시 '나'라는 인식이다.

　"그건 나지만/ 지금의 나랑은 또 다르니까/ 그건 너 준다"
에서 느껴지는 어조의 발랄함과 태연함이 좋다. '훼손되지
않았던 나'에 대한 자기 연민으로 빠져들지 않고(이게 정말
어렵다) 오히려 '그런 바보 같은 질문을 하는 사람이여, 너
줄 테니까 아름다웠던 나를 호박 목걸이에 박제해두고 기
념하거라. 그거 꽤 큰 권리인데, 그냥 너 줄 테니까 잘 간직
해보렴. 그때도 나는 예뻤고, 그때의 나한테서 떨어져나온
지금의 나도 예쁘니까 나는 그걸로 만족! 안녕 잘가!' 하고
뒤돌아서서 씩씩하게 걸어가는 화자의 모습이 떠오르는 것
이다. 물론 언젠가 바닥에 떨어진 것처럼 무릎도 펼 수 없
는 힘든 시간은 다시 찾아올 수 있겠지만 '훼손된 나'역시

사랑할 줄 아는 권민경의 화자라면 눈물 콧물 쓰윽 닦고 또 일어설 것이다. 그토록 힘든 시간을 통과한 뒤에도 이와 같은 건강한 자의식과 자존감을 유지하고 있다는 것이 반갑고 고맙다.

시집의 말미에 권민경은 이번 시집의 톤과 분위기를 가장 잘 보여주는 최근작을 배치해두었다. 시를 읽다보면, 어디선가 킹콩이 큰 주먹으로 자기 가슴을 치는 소리가 들리는 것 같은데…… 쿵쿵쿵쿵쿵 아하, 킹콩이 아니라 큰북을 치는 팀파니 연주자였구나!(「팀파니 연주자여 내게 사랑을」) 그런데 잠깐, 팀파니 연주자는 안 보이는데 팀파니 연주 소리가 들려온다면, 이거 혹시 부정맥? 그래도 괜찮다, 고 그는 말하는 것 같다. 쿵쿵쿵쿵쿵 어쨌든 이건 심장이 뛰는 소리. 멈추지 않고 자율적 운동을 반복하여 살아 있음을 알려주는 기쁜 소리. 권민경을 따라 읽은 우리는 다 같이 〈사후세계 팬클럽〉 회원이자 〈뛰는 심장 팬클럽〉 회원들이니까 울고 웃으며, 기쁜 마음으로 이 소리를 따라갈 수 있을 것 같다. "소중한 것을 지키며", "새 악기에 새 사랑과 새 영혼과/ 그 모든 일련의 질량 없는 것을 가득 담아"서, 쿵!쿵!쿵!쿵! 사랑이여 여기 오라. 영혼이여 우리와 함께하라. 우리가 살고 있는 이 지구를 뛰는 심장 소리로 가득 채우라. 쿵!쿵!쿵!쿵!

권민경 2011년 동아일보 신춘문예를 통해 작품활동을 시작했다. 시집『베개는 얼마나 많은 꿈을 견뎌냈나요』『꿈을 꾸지 않기로 했고 그렇게 되었다』, 산문집『등고선 없는 지도를 쥐고』『울고 나서 다시 만나』가 있다.

문학동네시인선 210
온갖 열망이 온갖 실수가
ⓒ 권민경 2024

1판 1쇄 2024년 4월 30일
1판 2쇄 2024년 5월 30일

지은이 | 권민경
책임편집 | 정민교 편집 | 정은진
디자인 | 수류산방(樹流山房) 본문 디자인 | 유현아
저작권 | 박지영 형소진 최은진 서연주 오서영
마케팅 | 정민호 서지화 한민아 이민경 안남영 왕지경 정경주 김수인 김혜원
　　　　김하연 김예진
브랜딩 | 함유지 함근아 고보미 박민재 김희숙 박다솔 조다현 정승민 배진성
제작 | 강신은 김동욱 이순호 제작처 | 영신사

펴낸곳 | (주)문학동네
펴낸이 | 김소영
출판등록 | 1993년 10월 22일 제2003-000045호
주소 | 10881 경기도 파주시 회동길 210
전자우편 | editor@munhak.com
대표전화 | 031) 955-8888 팩스 | 031) 955-8855
문의전화 | 031) 955-2696(마케팅), 031) 955-2653(편집)
문학동네카페 | http://cafe.naver.com/mhdn
인스타그램 | @munhakdongne 트위터 | @munhakdongne
북클럽문학동네 | http://bookclubmunhak.com

ISBN 979-11-416-0001-3 03810

* 이 책은 서울특별시, 서울문화재단 '2024년 창작집 발간지원 사업'의 지원을 받아 발간
되었습니다.

잘못된 책은 구입하신 서점에서 교환해드립니다.
기타 교환 문의: 031) 955-2661, 3580

www.munhak.com

문학동네